大展好書　好書大展
品嘗好書　冠群可期

大展好書　好書大展
品嘗好書　冠群可期

文學叢書12

木棉花落花又開

陳長慶 著

漫漫人生路

——《木棉花落花又開》自序

從沈睡中甦醒，窗外已是楓葉飄零的秋天，我突然想到要趁冬季的風暴尚未來臨的時刻，繼續走完人生的另一段旅程。然而，當我邁步前行的時侯，卻發覺行囊中少了些什麼，我不停地思索和盤點，最後找到的是一疊微黃的剪報，同樣是血汗的凝聚、心血的結晶，我如此地對待它是不公平的，因而我不得不停下腳步，先為它們找一個落點；或許，這就是我想出版這本書的原由。

輟筆二十餘年後重新整裝，無情的光陰已奪走了我燦爛的人生歲月和青春年華。在復出的七年中，我趁著黃昏來到落日尚未西沉的時刻，為苦難的一生留下一些慚愧的回憶。於是，我先後完成和出版了：《再見海南島 海南島再見》、《失去的春天》、《秋蓮》、《同賞窗外風和雨》、《何日再見西湖水》、《午夜吹笛人》、《春花和《冬嬌姨》等八本書，縱然它們尚未達到我理想中的意境，每當下筆時，亦想力求完美，但往往有力不從心之感，這也是我深感歉疚的地方，相信讀者們尚不至於對一位只讀過一年初中的老年人有所苛責吧！

長久協助我處理文書和編輯工作的老友白翎，把我嚐試寫出的六首《咱的故鄉咱的詩》也歸納在本書裡，正好成了各輯散文中的引言。唯一遺憾的是鄉土語言迄今尚無一套標準的字音字形，各家編輯的台語字典，部份與閩南語音又有出入，許多字體在我使用的電腦（大易二碼）裡也找不到；因而在不得已之下，不得不以同「音」或同「義」字來頂替。倘若有欠週到之處，務請讀者們海涵，爾後俟機再做校正。

幸運地，在我邁入老年的此刻，思維並沒有因歲月的流逝而老化。三、四十年前所歷經過的瑣事，依然能有條不紊、栩栩如生地浮現在眼前，讓我進入〔山谷歲月〕，寫下〔剃頭師〕，勾勒出〔李大人〕醜陋的嘴臉。在某些篇章，或許欠缺了散文中的「柔性」和「感性」，但這何嘗不是一位老年人自由思想下的作品？因為他不必牽就於現實，在腦力的激盪下，寫出內心自然的悸慟和感受。

金門解嚴了，戰地政務也宣告結束，居民真正嚐到了自由的滋味，但也嚐到撤軍後百業蕭條的苦楚，以及夭壽大陸仔，一斤芋賣十五，三斤蚵賣百五的無奈，於是我寫下〔今年的春天哪會這呢寒〕，未來是光明在望？還是前途茫茫？默守著這片土地已近六十年，〔故鄉的黃昏〕讓我憂心和感慨。

戰爭是殘酷的，現實的社會亦然。我們親眼目睹漫天的烽火和硝煙，我們親身感受到世道的莽蒼和俗情的冷暖，但卻能安逸而坦然地活著，絲毫沒有受到外來的影響而喪志和失神。相反地，我們更熱愛這片曾經被戰火蹂躪過的土地，時時刻刻以它為榮、以它為傲。在滿懷興奮的同時，且也憎恨少許無恥的「正人君子」，為了本身利益，引進一些低俗的文化來禍害子孫；讓這片土地蒙塵和失色，讓島民承受前所未有的心靈災難；於是，純樸的島嶼光環不在，少數人被酒色迷惑，敗壞社會風氣的案件層出不窮，這是否叫商機？這是否叫經濟起飛？金門人啊，你為什麼不憤怒！

燦爛的人生歲月已走遠，雪霜的髮絲也逐漸地禿落，倘若還能遊戲在人間，文學依然是我此生的最愛，我沒有理由割捨它。

感謝您，親愛的讀者們！

目錄

在地情懷，在地詩

——試讀陳長慶六首在地觀點的「金門話」詩

／張國治

人到中年後，不免常多憂多思、多回憶。尤其對於年少即白髮早生，現今已過半百歲月的陳長慶，每天思考、回憶多於勞動的小說家而言，在他急著為故鄉人、事建檔，為中年以上鄉親慢慢流失的母體共同記憶記錄之後，他不免有更多滄桑。加上對故鄉一往情深，他的回憶頻繁，他的敏銳多情，感時傷景確實比別人多了一些，他如老牛般每天鎮守著書冊堆積如山的店面，在狹窄通道中穿梭，眼觀前面，耳聽八方，靜默伏坐電腦螢幕前閱讀、寫作。

小說家寫詩，與純粹詩人不同，思考也比一般人不同，小說中的現實性、戲劇性、故事性，語氣口語化、段落行氣轉接等，不自覺導入詩中。他的現實性直接、諷諭也比那些講求音韻、聲籟，遣詞鑄字，講求含蓄、隱喻、濃縮的純粹性詩人來得強烈。

陳長慶發表這些詩，作為他多年的友人，我的直接感受：他的出發點並非為了當詩人，他是有著有感而發，有話不吐不快的心情，從對家鄉的愛出發，他植根於對時局的感受，對家鄉政治環境的變遷，世風流俗的易變，人心不古，戰火悲傷命運的淡化等子題觀注，企圖匯成一個家鄉情懷的議題進行書寫。所以，特別選擇這種分行，類對句對仗、俗諺，類老者口述、叮嚀，類台語老歌，類台語詩的文類：：等混合形式，鋪陳一股濃濃的鄉土情懷。以這種更見質樸的在地金門情感，向讀者宣示：「這就是我陳長慶敘事、表意的方式，我手寫我心」吧！因之「咱的故鄉咱的詩」這樣的訴求，變成了他詩創作的主軸及意旨。

讀罷他給我的六首詩影印稿，我忽然想起，明清以降迄民初的說書人，或地區耆老口述叮嚀，苦口婆心的神態，我猜想寫詩時的陳長慶，非只僅於老神在在，甚且，時有愁容；或者，我也總聯想起，台灣笠詩社那些常發諸筆端議論政治、嘲諷時局的政治詩，台語歌中那些淒迷、黏膩的情調……。可是，我有時卻不免浮現愛爾蘭吟唱詩人，那種清音的獨吟，有一些敘述，一些旋律緩緩吟唱的模樣。不過，仔細閱讀，他的金門口音、口語化，文字化為聲籟之後，究竟還是與一般台語詩不同，有一些詞語必須轉化為金門話才懂，此外，他的這些詩均具有如歌的特質，有對句及朗朗上口的遣詞用字。

或見温婉，或見現實思考的折衝，或見意象頻繁的閃爍，或見憤怒的口語，或見無奈的敘事，最後更可見老者般殷殷的叮嚀。或一種幽幽的清唱。

例如在：〔今年的春天哪會這呢寒〕首段：「今年的春天哪會這呢寒／黑陰的天氣　咻咻叫的風聲／無人的車站　冷冷的街景」由金門話轉譯，以非常口語化的語境鋪陳，然而，金門口語化的詞意轉化成漢字之後，也不失意象之美，如黑陰、咻咻、冷冷的形容詞，仍見他使用意象之準確。不過，究其詩，長慶絕非唯美純粹主義，他在純粹描景及意象的營造之後，他仍會拉回到現實的批判，如來一段：「夭壽大陸仔／一斤芋賣十五　三斤蚵賣百五／明明要絕咱金門人的生路／想要搰力來拍拚　嘛無撇步」〔今年的春天哪會這呢寒〕以反映當前小三通，金門窘境的一段警語。一些用詞，要用金門話來唸才能懂，如開繳場（賭場）、數想（妄想）、通啥撓（通什麼？）確然增加一些非熟悉閩南語人士閱讀的困擾。這種書寫方式，非僅於七0年代鄉土文學的精神延續，台語詩的影像或也可視為另類普羅、後現代現象吧！

再者，如〔故鄉的黃昏〕與〔今年的春天哪會這呢寒〕，可見台語歌詞的潛移影響，壹如〔惜別的海邊〕、〔今年的春天哪會這呢寒〕、〔黃昏的故鄉〕、〔港邊春夢〕中的情感。試讀如下：「日頭照佇碧波無痕的水面／閃閃的金光浮佇咱的目睭前／湧拍石頭的輕聲／海鳥回巢的身影／親像老人失落的心情／啊　故鄉的黃昏／怎樣無聽著蟬仔聲／怎樣無看著塗猴影／……。」像不像一首傷它悶透（sentimental）感傷的台語老歌？此段意象自然精準，情感直接感人，但其後意象逆轉，又回到現實的批判，鄉土的命運敘述，現實的對照，以及對故鄉的煩憂之書寫，如「想起彼一年　黃昏的故鄉是火海一片」、「清平是　古厝牆壁一句一句的標語」、「甘苦的日子已經過去囉／悲傷的目屎嘛已經流完／啊　故鄉／咱的前途是無限的光明」、「一隻一隻的紅娘仔佇咱門口埕閃爍／美麗的遠景袂閣浮上海面／啊這呢水的故鄉夜景／這呢靜的故鄉月夜／未來是光明在望／抑是前途茫茫……」《故鄉的黃昏》詩末仍是以感傷的調性來收尾！

然而，現實中的抒情調性並沒有貫穿他的詩書寫。〔某政客〕側寫金門「民代」生態：「看著有錢人　遠遠著點頭／看著甘苦人　一步無走到／用錢買官做　人格隨水流」大量的諷喻，針對故鄉的政治生態，極力的批判，是官場現實錄的警世錄。在〔戒嚴前後〕則以自身工作（經營書店）受到不同政黨政治迫害，人身的不安全為感嘆！〔了尾仔囝〕諷喻敗家子，養子不教誰之過的感嘆！替慶伯仔飼子飼到敗家子感到心酸；〔咱主席〕則是諷喻時局執政黨會變，但為民喉舌，以德服人，敬老尊賢的政治家則不受改變，此詩正面歌頌，另面諷刺一般政治亂象，透過抗議的鄉親一段回答：「報告主席無代誌／是人叫阮來／毋是阮愛去／中午十二時／領到便當礦泉水／阮著欲轉去」透過主席「搖搖頭／吐吐氣／這款叫政治」對金門目前政治生態刻劃諷刺至極。

綜觀陳長慶六首詩，有其可觀的現實觀點，卻受到題裁的限制，不免流於冗長的敘述，或見未經裁剪的部份。但一如我之前所言的，他其實借用詩的形式來一吐胸中塊壘，或說他是一位現世的詩人，他對鄉土的關懷，致使他急於對現實針砭、諷喻！這恰恰讓他傳遞了一個世紀末邁入二十一世紀離島在地的鄉民情懷，屬邊緣而真實的島上居民存在情境！

所謂「在地觀點」的意義也在此。

（本文作者張國治：為多元藝術家，擅長現代詩、散文、評論書寫，專業為攝影、繪畫、視覺傳達設計，現任【國立台灣藝術大學】「視覺傳達設計學系」專任副教授。著有：詩集《末世桂冠》等六冊、散文集《藏在胸口的愛》等四冊，以及攝影集《暗箱連彩》——〔張國治視覺意象攝影作品〕，並曾主編《新陸》現代詩誌。）

時局盡荒唐　一把辛酸淚

——陳長慶筆下的家鄉角落

／白　翎

斜躺搖椅，翹起二郎腿，捻亮身邊的明燈，手捧著陳大哥《木棉花落花又開》的書稿，準備好好地品嚐一番；然而，滿懷的悠閒輕鬆絲絲縷縷地流失著，取代的是一波波的無奈——對過往時局的無奈、對早年坎坷的無奈、對人心不古的無奈、或者是對當今社會萬象的無奈……；這就是陳長慶筆下的家鄉印象，也許正是這一代中古人的共同經驗，所謂的多情笑我早生華髮，也許是過多的情懷，催生了陳長慶的滿頭白髮，難保不是無奈所留下的歲月痕跡。

憂時愁局的陳大哥、放不開昨日的陳大哥，您真的辛苦了！

人生難得幾刻自然身。拋開憂鬱、拋開誘惑，剩餘的歲月，能否載得動幾多愁？讓無奈自已去無奈，讓自已的天空很自在吧！

本文定位於：試說陳長慶的散文。而，前金門日報正氣副刊編輯孟浪（謝白雲）先生曾做過結論：他的評論比小說好，小說又比散文好。（正面的說，「散文好、小說也好、評論更好」；換個角度：應該不是說：「評論很好、小說也好、散文可以說好」吧！。）

如今，陳大哥不僅評論、小說、散文寶刀未老；更闖入了詩歌的領域，連鄉籍詩人藝術家張國治教授也給了他「別具一格」的稱譽；由此可見，陳大哥不僅是寶刀未老而已，絕對勝過吳下阿蒙，絕對是令人刮目相看的！

評論對陳大哥而言，猶如學童拿剃刀當寶劍耍，當年也是叱吒風雲，名聲透京城；如今，不當大哥也很久了！二十多年來，似乎不見他的豪氣干雲，也許這是我們的損失。

小說是陳大哥終此一生的最愛，尤以復出後更甚。我常常提醒他：要早日完成四季書——春花、秋蓮、冬嬌姨之外的夏什麼？寫一個圓滿。

詩歌雖似是陳大哥的新歡，其實是他的驚豔。詩歌，竟然也可以如此寫！寫得如此的痛快！如此的過癮！如此的爽！宛如水庫洩洪，似千軍萬馬奔騰；啊，宣洩之美！

散文就成了陳大哥下酒的小菜。可惜他並不嗜酒，倒是喜歡茶餘飯後白髮宮女話當年一番，尤其是適機地撩他一下，必有佳作問世。所以，三不五時地順產，也到了結集出版的時候了。

因為陳大哥的散文既非純情派，更非關風花雪月；所以解讀之道也就順著他的人生百態，來細敘因果、談古說今。

本書內的散文，配合六首詩歌，分成六輯。以下就依著書中的順序，畫蛇添足一番了！

找回失去的春天 再創文藝第二春

第一輯的重心在《失去的春天》這本書。配合『金門寫作協會』八十九年五月底，以《失去的春天》一書為主題的「讀書會」，陳大哥特地寫了這篇〈燦爛五月天〉，當做作者的剖白；和與會的文藝同好分享他的心血結晶，當然也免不了自唉自嘆一番了。

針對《失去的春天》這部小說，我曾寫了一篇導讀——〈感恩憶故人 髮白思紅粉〉，重點在對小說的時空背景做初步的介紹，以便讀者更易於進入陳大哥的感情世界；同時也寫了一篇評論——〈因為真實感 所以引人注目——論陳長慶《失去的春天》之『人物篇』〉

——請讀者明鑑：時間空間應是十足寫實，故事情節則真實感矣！明眼人一看如此副題，會想：應該還有下文；不錯，原本計畫共有系列評論三篇，另兩篇題目擬為：〔因為真情流露 所以扣人心弦——論陳長慶《失去的春天》之『故事篇』〕和〔因為真愛 所以感人肺腑——論陳長慶《失去的春天》之『感情篇』〕。導讀和首篇趕早完成，納入書中同時問世，後兩篇卻不了了之，成為我對陳大哥的感情之債；一者為怕掠陳大哥之美：導讀五千餘字，首篇逾兩萬字，如果以等量計算，總共就會有六、七萬字之譜，足足成為專書而有餘了。再者，事之不如意者，十之八九；時空演變，一拖一推，一忙一忘之際，竟然就成昨日黃花了。有朝一日，陳大哥的小說成為金門文壇的顯學，為彰顯陳學之光，共襄盛舉，我一定會補足這兩篇的。

至於陳大哥常牽掛在嘴邊的初一學歷，而忽略社會大學的經歷。固然，這是陳大哥終身的遺憾；除非自認學歷在髮白齒搖的今日，還是如此重要；除非當年的環境所侷，真的讓您沒齒難忘；除非農村家庭的不足，父母的無能為力，真的讓您抱憾至今；否則在高堂引你為傲時，再提失學憾，煞風景之極，無甚於此。以今日之陳大哥，意氣風發的時間多，以您的十二書，字字嘔心瀝血，環視浯島文壇，早已不遑多讓了！難道還缺乏自信嗎？還需要如此自貶嗎？

生命的價值，必須在自我的價值觀下，有所取捨。有所在意，也有所不在意。且看：強勢而抱憾終生的軍事總統、識時而謙抑自得的過渡總統、陰柔而彰顯親民的政治總統、傲世而專事破局的瀛兒總統、呼口號而手足無措的草根總統，歷史將會如何定位他們，已不是我們這一代人的事了！冷眼觀天下，人生還有什麼不能開懷的！

對陳大哥而言，《失去的春天》是一座分水嶺，開創了一個嶄新的文學生命。眼尖的讀者們，你們會發現，在《失去的春天》前後的陳長慶，有著極大的差異：彷彿打通了任督二脈的武者，頓悟人生哲理的智者，不獨功力驟增，信手拈來，一二十萬字的作品，行雲流水般地源源不絕；他早已找回文學的春天，打造出他文學生命的新地標、新世界。

人生百態　唯慧眼識迷津

第二輯的兩篇，先似先知指迷津，後敘力出已身品自高。

從克羅齊的《美學原理》到朱光潛的《談美》和《文藝心理學》等文學理論的經典名著，都是陳長慶在「明德圖書館」苦練的祕笈。在他開口道來，總是一番大道理，且絕非信口開河。

難得他有這分雅興，和詩人大談女子之美——尤其是以他塑造的《冬嬌姨》為例，揭開大師的面紗，以舉手投足之美，應戰詩人的太極拳式的動態之美；高手對招，高來高去，凡夫俗子，只見嬈嬌嫵媚，令人神往，目不暇給之餘，早已神授魂與，哪管得她飛燕貴妃？

更難得的是，不知陳大哥何時取得了牧師執照，在潛移默化中引蛇出洞，接受了詩人的一番告解；再來一段「愛」的真諦，大有派出天鵝引渡詩人脫離情海之功德。

大致而言，陳大哥的愛情觀還是蠻傳統而保守的。強調的是，她有一個美滿的家庭、有乖巧的兒女、有深愛她的丈夫。陰謀渡詩人的情愛入柏拉圖國；再以藝術家審美之高帽，化解夢牽魂絆的精神之戀。孰不知，曾經滄海難為水，除卻巫山不是雲；感情一道，若是如此易解的方程式，則那來的羅蜜歐與茱麗葉？又那來的梁山伯與祝英台？而，陳大哥在《失去的春天》裡趁著顏琪臥病之際，又與黃華娟共織情網，腳踏兩條船的貪婪，又該如何地解？看來，詩人有的苦受了，被冒牌的牧師如此挑逗與誤導，又何止十八道深淵跳不開！飛蛾撲火、自畫幸福禍餅，到頭來，怎麼昇華的，都渾然不知呢！

至於〈剃頭師〉一文，是陳大哥的社會經歷，其峰迴路轉、驚魂動魄之扣人心弦，實在令人心酸！而其剪破耳垂、剃鬚冒血珠諸事，也頗具戲劇效果，雖不致缺德至噴飯，倒也一笑解尬尷。

當然，職業原本無高下，萬般煩惱只因庸人自擾。陳大哥的跳不過〔剃頭師〕一關，原本是半點不由人，至於禍福幸與不幸，也都是要看各人如何解讀：福兮禍所繫，看那塞翁失馬的故事，也就沒有什麼好計較的了。

想那塞翁走失了一匹良駒，卻帶回一群千里馬；若多好馬憑空而來，卻累愛子摔斷了腿；斷腿的愛子固不幸，卻倖免徵兵萬里戰沙場，保得一家團圓聚。

我是懷疑故事的真實性，卻也佩服說書者的聯想力。

天公疼憨人　壞人卻報應遲

第三輯的〔李大人〕和〔朋友〕是一雙有趣的對照。

〔李大人〕在陳大哥的筆下，可真是拿著雞毛當令箭，滿口依法行政，卻滿肚子男盜女娼；有見風轉舵，也有霸王硬上弓；有道是：閻王易見，小鬼難纏。這一毛二的管區警員，說大不大，不過是芝麻綠豆員；說小也不小，在當時就可讓人入明德班流血流汗一番。

陳大哥鬥這〔李大人〕，雖然高潮迭起，卻有贏有輸：防洩光燈罩被罰了一百二，郵包則拆得七零八落，硬賣他兩本書板回一百二，新招牌又見一千二的罰單，一千二不繳賒了一千四，還動用了政委會首席監察官才得扯平。民與官鬥，大不易；若非陳大哥頗有皇親國戚的路子，光祈禱老天爺開眼，難嘔！我們陳大哥也是等到他調職，才鬆了一口氣；等他撤職查辦，才高呼報應不爽的！

至於陳大哥的四川〔朋友〕，是沒得琢的樸玉。用渾然天成的純樸對照〔李大人〕的奸詐匪類，是陳大哥的費煞苦心。〔李大人〕的讓人防不勝防，碰上了只有認倒楣；〔朋友〕的誠摯樸實，偶而的手足無措，都令人心疼。有感於〔李大人〕的令人恨之入骨；豈不更突顯〔朋友〕的缺乏著人眷顧。

也許今日少了明目張膽的〔李大人〕，但滿肚子壞水的登徒子，刁鑽刻薄、欺善怕惡的非人類，何曾滅絕在人間，真是那日俟得黃河清？

且觀陳大哥的朋友，若非弱智即傻瓜；再不然就是如《午夜吹笛人》之類的非常人，真為難陳大哥了，何嘗不是陳大哥的朋友難為！

時局盡荒唐　一把辛酸淚

第四輯是令人傷感的季節。〔山谷歲月〕是追憶著人間的悲慘世界，〔海明兄〕的那場冤獄，也是戒嚴時期的血淚歲月。

本來〔山谷歲月〕純指陳大哥在太武山谷服務的那段日子，只是全文的主題，在金防部政五組福利部門的「特約茶室」業務；自然就蒙上了一層陰霧。

本文的寫作時間就是國內掀起「慰安婦」風波，又延伸到國軍的「特約茶室」之際，文中的詩人顯然的是陳大哥抓來的冤大頭；或許，詩人真的問過陳大哥有關「特約茶室」的前因後果，所以就被請出來為民服務一番；或許是陳大哥為了延用〈木棉花落花又開〉的相同手法，來澄清一些「特約茶室」侍應生來源的流言。若真是如此，〈山谷歲月〉就要和〈木棉花落花又開〉放在同一輯，比較適宜些。

軍中「特約茶室」是一件走入歷史的事件，陳長慶也曾在他的作品中有所發揮，想明瞭來龍去脈的人，就直接細嚼本文；或有不足，也可以再找出相關作品——《寄給異鄉的女孩》裡的小說〈祭〉、《再見海南島 海南島再見》的王麗美、《失去的春天》裡政戰部的首席副主任和政五組首席參謀官去「庵前特約茶室」的部分，大概就可以一窺全貌了，筆者不再贅語。

至於陳大哥的〈海明兄〉，前幾天，在沙美郵局隔壁的「明昌水餃館」門口，才遇見他和水餃館老闆，正海闊天空地話家常，偶而會高歌一曲，還招呼過去小坐一會兒，只因總有忙不完的瑣事，不能像他那般逍遙自在，真是慕煞人了！

響亮高亢的繚樑嗓音，即使是説話的聲音，也有聲樂家的韻味；當他盡興地引吭高歌時，百餘公尺的周遭，都能聆聽到他那歌劇般的男高音；更常遇見他一輛機車跑天下，其達觀爽朗之樂天派，稱之為「逍遥侯」而實至名歸。

就如陳大哥所言，我們真該稱他一聲「海明叔」。從小看著他川流不息的往來於農村間，四五十年來，多少的人事皆非，倒覺得他益加神清氣爽，何嘗沾惹半點老氣；而無可救藥的樂天如他，就算喊他「海明兄」，不獨不以為忤，或許還要大笑三聲，以自已的青春活力為豪。

關於昔日金沙鎮公所那件公認的無頭公案，確也是軍管時期，難以釐清的陳年往事。或許您不屑提及；其實，時局盡荒唐，一把辛酸淚；真的，不提也罷。

親切宛如自家長者的〔海明兄〕，託陳大哥之言，不祝您萬歲，但願您豪爽硬朗一如往昔，直到永遠。

牽手卅餘載 共譜白頭畫眉樂

第五輯彰顯的是陳大哥的鰜鰈情深。

在〔落日餘暉〕的病中札記中，夫人對陳大哥的關懷之切、眷愛之情，活躍紙上；〔晨露與朝陽〕的牽手漫步於金湖國小校園中，在描繪晨間活動人們的同時，不經意間，夫妻恩愛之情，亦隱現於文字之間。

記憶中，陳大哥的文章裡，很少正面描述到他的夫人。只有在《同賞窗外風和雨》那本散文集，那篇〔牽手同登太武山〕中，著實地描繪了美麗賢慧而恩愛地如膠似漆的愛人西施；如此韻味，讀者諸君，就讓您親自從這兩篇細緻的心曲裡，好好地意會沉醉一番吧！我怕抓不著精髓的轉述，會失去了那好令人羨煞的原味！

一場暈眩症，讓陳大哥感慨良多：他掛念的是心中孕育著不少的文學寶貝，尚來不及問世；而夫人開始懷疑，是不是文章寫多了，用腦過度而造成的後遺症，就成了陳大哥揮之不去的夢魘！夫人一次又一次地問大夫這個問題：陳大哥就一次又一次地，整顆心七上八下地，「倘若醫師說：『是』，或許我的文學生命勢必因此而宣告結束，我的名和姓也將從讀者的記憶中慢慢地消失，這是一個文學創作者最不願見到的一件事。」

由此可見，陳大哥是何等地尊重夫人的。

直到榮總的醫師告訴他們：「暈眩」與「創作」無關，「動腦」比「不動」好。一向不喜歡吃藥的陳大哥，此時聽到醫師說吃完藥病就好，不但不再排斥吃藥，還在心裡吶喊著：我是相信的。

由此，可以看出陳大哥是如何地，嗜愛文學更於生命的。

我手寫我口　眞心話更無價

第六輯叫做「心裡話」。

胡適之博士曾有一首短詩，好像是：清晨／我站在屋簷上／呀呀烏烏地叫著／人家說我是　不吉利的烏鴉／我卻不知道／如何呢喃地討好。

這兩篇散文，本是躺在電腦硬碟角落的兩個檔案，是陳大哥有感而發的隨筆；被發掘出來後，列為本集子的備胎。

一者，不忍〔咱主席〕無官無兵、孤家寡人地成為陽春主席，或因而被人附會曲解；二者，白話文學主張「我手寫我口」，心裡有話不敢說、說了不敢寫、寫了不敢刊，讓人誤會今夕何夕？三者，或許更需要強調「我手寫我心」，在假話充肆天地之間的今日，難得有幾句真心話；保留原始面貌，真心話價更高，就如此罷了。

感嘆的是人間事，或者是「為長者隱」吧！文中並未曾指名道姓，就是希望不會有人自願對號入座；也許這也是「另類寫實」吧！真心話，留下來！您以為呢？

陳氏風格——故事化的散文

關於陳長慶這個人，既沒有傲人的學歷、不曾上過什麼大學堂，更未曾出國鍍金、喝過一滴洋墨水；在時空限制、因緣際會之下，他的初中一年級學歷，卻奠定了文學生命的根基；又逢戰亂變局，未受足正統教育，卻給了他更大的揮灑空間。今天，得有著作等身的成就，完全是靠一字一句，一事一智，自修苦讀，戮力向學；正是經年累月、日積月累，涓滴匯聚、積沙成塔，合水成河、納百川而成大海的成果！

說起陳長慶的經歷，攏總不止一簍筐：十六歲輟學，好命地找到軍中「太武理髮部」的售票員工作，月薪三百元，除了售票，還兼打雜，包括理髮用具清洗及理髮部的清潔工作，師傅見他勤勞打拼，想傳他幾手頂上功夫；陳長慶卻偏於傳統的「剃頭歹名聲」，不識好歹地婉拒了，還高唱「田園將蕪，歸去來兮」，辭職回家，跟著父親種田去。

耕田種菜，又豈是輕易之事；餐風飲露，風吹雨打太陽曬，還得有幾分蠻力；瘦弱單薄的陳長慶，這時才想起那些「剃頭師」，他們在溫暖的室內，略動手腳，將人修理一番，人家還得自願送上鈔票，豈不快哉！

習農欠力的陳長慶真是歹命好運，又見軍中「山外理髮部」招收學徒，三兩同鄉少年於是結伴報名，歷經五十元津貼的半年學徒生涯，又回到「太武理髮部」的人生第一站，名正言順地執行起「剃頭師」的職務了；除了發生了剪髮剪破耳垂、剃鬚鬚根未斷卻血絲不斷的粮事外，也不覺得「剃頭歹名聲」了，甚至連長官鼓勵他去從軍報國，才有前途，也著實不捨呢！這時候的陳長慶，真真地是「為月薪八百元而折腰」了！

民國五十二年，頗有長官緣的陳長慶，在長官看他多少也算是個讀書人的分上，把他調進金防部政五組，擔任福利部門的雇員；此刻，正是他人生的轉捩點，上班之餘，他把時間全消磨在「太武營區」的「明德圖書館」，好像古時候的秀才一般，夢想著「十年寒窗讀書苦，一舉成名天下知」的榮耀；思往鑑今，果真是皇天不負苦心人，「讀熟唐詩三百首，不會做詩也會吟」的陳長慶，真的是在金門文壇闖出了，屬於他的一片天空！該他的桂冠，就榮耀他吧！

期間，陳長慶也常常到「特約茶室」去督導相關的業務，不但將「侍應生」的心酸血淚寫入了他的作品；當前一陣子，「軍中樂園」存廢成為立法院及媒體熱門話題時，陳長慶也老來俏，成為媒體爭相採訪的對象呢！

民國六十一年，陳長慶經過會計的歷鍊，晉升經理；同年六月，他的處女書——《寄給異鄉的女孩》，散文、小說、評論合集，由作家林佛兒的林白出版社初版發行；立刻成為暢銷書，八月隨即再版。次年，不但長篇小說《螢》跟著誕生，更因緣際會地催生了【金門文藝】季刊，成為陳長慶深引以為傲的一件傑作。

民國六十三年，陳長慶棄文從書店，一直到民國八十五年復出；在他的文藝生涯裡，先後用十一本書見證時代、見證一個酷愛文學的生命。所以要找陳長慶的「喳」，只是要告訴大家：將相本無種。有道是：英雄不怕出身低。只要如此這般，能給青年學子絲毫啓示，或許陳長慶不會責怪：讓他「現醜不是醜」了。

※※※　※※※　※※※

陳長慶的小說蠻寫實的，那是他以家鄉事物為內容，敘事寫景也就馬虎不得，否則他的鄉土性就讓人懷疑了！

他的散文也是敘事的多，都是有主題情節的。有人寫詩像散文，美其名叫「散文詩」；如此類推，陳長慶的散文寫得像故事，到底叫「小說散文」、「故事散文」，還是「小說化散文」、「故事化散文」呢？好像都不順呀！有點像剛學說話的兒語。

早年在讀陳長慶的《寄給異鄉的女孩》時，曾把他散文部分的一篇〈秋風——譜成的戀曲〉，移到小說部分去討論，似乎沒有聽過他異議；近年來，小小說、極短篇，雖是流行過了。散文、小說的分野似乎也沒有什麼嚴謹的定義，反正都是文學、文藝嘛，沒什麼好爭的，也就見仁見智了。

把可以寫成小說的情節，拿來用散文的方式經營，似乎是他的習慣，就叫它做「陳氏風格」吧！所以，試說陳長慶的散文，也就成了細說散文內的情節了；不知是我誤解了陳長慶，還是陳長慶誤導了我？或許是，大家一起誤吧！

只要有心向學 社會到處是大學

——從縣籍作家陳長慶再出版新書說起

／根本

縣籍作家陳長慶又出新書了，不久前在本報副刊連載的長篇小說《冬嬌姨》，再獲出版社青睞順利付梓，屬於他的第十一本金門鄉土文學著作又和讀者見面！

當然，這年頭排版作業電腦化，印刷科技日新月異，任何人想出書，簡直易如反掌，委實不必大驚小怪；何況，有些人肚子裡沒有墨水，想趕時髦過過作家癮，花錢央人捉刀代筆，短短幾天就可出一本書。換言之，今天想出書當作家，比起從前容易多了，作家頭銜，早已風光不再！

然而，陳長慶又出書了，依然是一本金門鄉土文學著作，並非理財致富秘笈將造成搶手貨，亦非是《愛情青紅燈》可熱賣大發利市，何勞多費筆墨來贅述！可是，他出生在金門窮苦農村，既未曾上過大學，也沒出國喝過洋墨水，正式的最高學歷僅僅初中一年級肄業，但已順利出版了十一本文學書藉，意義不同凡響！

其實，在山外街頭開書店、販賣書報的白髮老闆陳長慶，不認識他的人，都要笑他是不懂生財的傻者，因為，憑他那間靠車站的黃金店面，若改為電玩店，保證日進斗金！可惜，這些年來，他仍守著書報攤，每天大清早開門營業，對每一位光臨的顧客哈腰作揖，賺取微不足道的蠅頭小利，兼作傳播文化種籽的白日夢。幸好，認識他的人，都能輕易地從他頭上絲絲白髮找到智慧的脈絡，也能從他飽嚐戰亂歲月鏤刻的臉龐，發現他為書痴狂，每天賣書、讀書及寫書，不改其志，樂在其中！

原來，陳長慶出生在烽火漫天的年代，初一下學期因家貧被迫輟學幫忙農事，由於當時島上烽火連天，加諸鄉村普遍尚未供電，百姓仍不知電視是何物；因此，對外資訊封閉，知識來源貧乏，但憑恃著強烈求知慾望和不服輸的信念，那怕是路旁檢到一張舊報紙，或一本殘缺不全的書刊，也如獲至寶，一字一句研讀再三。爾後，雖在軍中謀得雇員工作，惜與興趣不合，因而辭職租屋開起書店，讓書店成為「社會大學」，更讓自己沈浸在知識浩瀚的大海裡，同時，也不停地鍛鍊寫作技巧，作品陸續刊登在國內各大報刊。

誠然，隨著作品不斷結集出書，文建會亦曾把他的作品編入《中華民國作家作品目錄》裡，陳長慶早已是享譽國內的知名作家，卻仍自認文章火候有待加強。雖老眼昏花，仍每天讀書、閱報，不斷地充實自我，冀望彌補學歷之不足，才不至於被時代淘汰！

平情而論，這是高學歷、高知識與高經濟掛帥的時代，陳長慶能以初一的學歷，靠不斷自修向學在社會立足，還念茲在茲，以筆記錄浯島子民走過的歷史痕跡，讓一本又一本的金門鄉土文學著作，豐富這片土地的人文色彩，真是彌足珍貴！如今，又見他出版新書，雖然，就整體而言，這只是小人物的一點小成就，不足掛齒；但是，我們認為其不屈不撓、自修苦學的精神，足以說明一個人只要有心向學，社會處處是大學，行行亦能出狀元；除此之外，其奮鬥的過程，更可做為青年朋友學習的榜樣！

轉載於二００二年十月一日「金門日報」社論

（本文作者：林怡種，筆名根本，著有散文集：《拾血蛤的少年》等書。現任「金門日報」編輯主任，另架設「金門根本文采工作室」網站（www.kinmen.info）林主任除撰寫社論外，尚有未結集出版的《浯江夜話》專欄作品約五百篇三十餘萬言。）

今年的春天哪會這呢寒

——咱的故鄉咱的詩之一

今年的春天哪會這呢寒
黑陰的天氣　咻咻叫的風聲
無儂的車站　冷冷的街景
三二個戇兵仔　一二個過路客
阮舉一塊椅頭仔　坐佇車路墘
看看遠遠的樹影
望望黑暗的天邊
親像一隻孤單的老猴
等待著西方的日頭

今年的春天哪會這呢寒
天公伯仔無落雨
做穡儂真艱苦
無收成　飫腹肚
夭壽大陸仔
一斤芋賣十五　三斤蠔賣百五
明明要絕咱金門儂的生路
想要揹力來拍拚　嘛無撇步

今年的春天哪會這呢寒
生理儂差真儕
十萬大軍變萬五
好名好聲做頭家
比起財副抑不如
死會硬　利息重
國稅局　毋放鬆
萬稅　萬稅　萬萬稅
萬稅　萬稅　萬萬稅
敢毋繳　送法院

今年的春天哪會這呢寒．今年的春天哪會這呢寒．今年的春天哪會這呢寒．今年的

關甲乎汝　塗　塗　塗

今年的春天哪會這呢寒
咱的家鄉咱的愛
凡事哪有三通急
憨台仔毋捌字
共咱當做白老鼠
阿共仔對咱無興趣
這門想要比彼門
親像戇囝仔佇眠夢
開織場　設工廠
轉運站　娛樂場
數想大陸仔來觀光
政客喙　糊累累
白泡瀾　黏歸喙
無替鄉親想前途
攏爲家已找錢路
百姓舉狂復訐譙
三通三通通啥撓
官員頭殼咚咚嗨
伊講毋通趕緊慢慢來

今年的春天哪會這呢寒
骹手生凍籽　喙唇頂下裂
雙邊耳仔紅光光　鼻水雙港流
毋知甚乜時陣會好天
毋知甚乜時陣會袂寒
只好雙骹跪落塗
問問天公祖

燦爛五月天

——為『金門寫作協會』「讀書會」而寫

歲月讓我成長，我也因歲月而蒼老；
然則，我的頭腦並未因蒼老而昏庸，
環境雖然丕變，記憶卻依然清新。
請讓我再重複一遍：
我留下的不只是一篇小說，
也並非在交待一個故事；
而是要尋回一份失去的回憶。

朋友們，今天是一個很幸運的日子，一頭長年被關在欄裡的老牛，終於有機會來到這塊他嚮往已久的園地，雖然沒有翠綠的青草，卻有著他的理想和目標。

此刻，面對『金門寫作協會』「讀書會」的朋友們，我的心情，比老牛耕田還沈重。諸位都是受過高等教育、從事公職或教職的浯鄉菁英及社會賢達，也是擁有第一流頭腦的作家。試想，一位只唸過一年初中的老年人，當他走進文化中心的大門，無論上下左右，都沒有他容身之處，更何況是要為《失去的春天》這本書來向諸位報告。雖然我的作品《秋蓮》曾記錄在《一九九九年臺灣文學年鑑》，所出版的書也由文建會編入《一九九九年中華民國作家作品目錄》裡；然而，此刻所背負的，依然是此生難以承受之重。

其實，每個人的心中都有一個美麗的春天，只是各人的際遇不同，有人獲得，有人失去。

我試著以「青春和愛情」做為本書的主題，由陳大哥來貫穿整個故事，讓歲月隨著時光流失、讓情感因環境而產生變化、讓渺小的生命回歸到原來的地方，更讓我們緬懷六十年代艱辛苦楚的農耕歲月，以及戒嚴軍管時期的悲傷和恐怖。

誠然，我並不是一個歷史學家，只是一位沒有受過正式學院教育的文學熱愛者，浯鄉怡人的景緻、親情友情的馨香，更是我欲表達的意象。在我輟筆廿餘年後重新提筆，我的作品不再停留在青春時期的虛幻裡。諸位可從《再見海南島，海南島再見》以及《失去的春天》得到印證；無論故事的進展，人物的刻劃，都源自我的思維、源自我的記憶。如果讀者們有所感，那便是我的文學之筆尚未退化；如果不能讓讀者產生共鳴，那便是我的筆尖已生鏽。

在《失去的春天》裡，我以大家所熟悉的區域做背景，讓陳大哥陪著顏琪走過浯鄉許許多多的村落，穿梭在金城的大街小巷：喝老人茶、吃蚵仔麵線，親自下田體驗農耕生活，吃過「番脯糊」、「菜脯」，牽過牛，拔過草。讓生活在那個年代的讀者，如置身其中、身歷其境；尤其當他們到了鄉下，我試圖透過長輩以鄉諺俗語與顏琪交談，凸顯出那個時代，我們的叔伯嬸姆受限於教育和省籍的區隔，內心所欲表達的，不能在言談上產生互動，雖然部份用辭稍嫌生硬，但讀來卻有一份親切感。當然，我們也不能因此把它歸類為鄉土文學；我的思想偏向自由，我同意白翎老師為我的作品所下的定論——「寫實」！

諸位已讀完這本書，我無意再做任何的詮釋，尤其是文學作品，各人的解讀不同，觀點不一。甚至有些人還要先看看作者的學歷背景、得獎次數來認定這本書的價值。所謂「官大學問大」、「學歷高，文章好」，或許是現實社會裡最好的寫照。坦白說，在孤寂漫長的文學路途中，一位沒有學歷的老年人，他一路走來是倍加辛苦的。他之所以選擇這條不歸路，並沒有什麼企圖和野心，只為了一個理想——把作品留在人間。只為了一份堅持——為熱愛寫作而創作！

實際上，人的一生就是一篇小說。有人透過文學來表達，與讀者共享；有些人則隱藏在心靈深處，不欲人知。但我們知道，用筆寫的有其連貫性，用回想的卻彷若電影的快鏡頭，只能映出它的片段；當有一天，我們的腦力衰退，精采的故事隨即被歲月的酸素腐蝕掉；銀幕上出現的不是待續，而是劇終。若用文字傳承，則可保留到永遠。

或許諸位極想知道這本書有多少真實性？作者是否真是以寫回憶錄方式來經營小說？請相信，這本書的主題和背景，都是很明朗的，書裡的人物也是諸位所熟悉的，甚至我會冠以他們的真名實姓、官階和職務。不管故事的真實性有多少，對於先後出場的人物，我們必須依照人物刻劃的基本原理，給予他們生命，他們的一言一辭、行為舉止，是文中的人物在說話、在演出，而非作者。在座的諸位，一定有很多人看過金防部藝工隊的表演，請仔細想想，是否曾經聆聽過顏琪幽美的歌聲？親眼目睹她主持節目時的丰采。而是否有黃華娟這個人呢？朋友們，你們的思維是敏銳的，你們的眼光是雪亮的，到過尚義醫院求診的朋友，或許曾經見過那位端莊婉約、姿色迷人的護理官。只是，我們都沒有陳大哥的幸運，讓他歷經一個那麼多采多姿、終身難忘的春天。

在這本書裡，我投入了相當多的心血和精神，曾經喜悅，也曾經悲傷。喜悅時，我會高唱陳大哥與顏琪小姐在大膽島上合唱的《春風春雨》；悲傷時，我雙手擊掌，情緒跟著失控，寫不出任何一個字句來。為了尋回那份即將失去的記憶，我重新踏遍在書中出現的每一個景緻，甚至到過臺北辛亥路的第二殯儀館，在臺北航空站尋找一個失落的影子。歲月讓我成長，我也因歲月而蒼老；然則，我的頭腦並未因蒼老而昏庸，環境雖然丕變，記憶卻依然清新。請讓我再重複一遍：我留下的不只是一篇小說，也並非在交待一個故事；而是要尋回一份失去的回憶。或許作者過多的詮釋，並無實際上的意義，況且白翎老師已在先後做了導讀和評論。雖然陳大哥的春天已失去，但願您們心中的春天，像五月裡的陽光，永遠光輝燦爛！

陳長慶現身說法

暢談寫作心路歷程

寫作協會讀書會以《失去的春天》爲主題

傾聽本土作家筆耕甘苦談

【記者陳榮昌／金城報導】

「感恩憶故人，髮白思紅粉」，陳長慶在近十六萬字的小說《失去的春天》中寫道：「我秉持著對文學的熱衷和良知，不再考量現實環境帶給我的困擾，我留下的不只是一篇小說，也不是交代一個故事，而是尋回一份失去的回憶」。昨日，由縣立文化中心、金門寫作協會舉辦的「讀書會」活動，即以陳長慶《失去的春天》為主題，藉此向這位執著於筆耕的本土作家，致上最高的敬意。

活動於昨日上午在文化中心「文藝之家」展開，由《失去的春天》作者陳長慶，以台語親自導讀，其好友黃振良擔任引言，參加的包括：金門寫作協會理事長温仕忠、立委李炷烽、金門寫作協會會員、地區學校教師文友二十多人。

《失去的春天》是滿頭華髮的「白頭書癡」陳長慶的第四本書，

也是封筆蟄伏二十四載春秋後，整裝再出發，繼《再見海南島 海南島再見》之後，又一描繪六十年代軍管背景下，戰地兒女情長的長篇故事。

為書癡狂的陳長慶，賣書、讀書、寫書，儘管賣書收入有限，文學創作之路既長且遠。陳長慶仍一本初衷，如苦行僧般踽踽獨行，在物慾橫流、金錢掛帥的現實社會中，更加珍貴。

因家貧而輟學的陳長慶，雖然沒有顯赫的學歷，不過，憑恃著一股強烈的求知慾望和不服輸的信念，不斷自修苦學，以真摯情感，寫出一篇篇動人的小說故事，成了戰地金門的文壇傳奇。

陳長慶緩緩道出求學進修過程，以及筆耕的甘苦談。他透露，不少感人肺腑的作品，都是在書店看店時，站在影印機前完成的；而創辦「金門文藝季刊」的他，最大的心願，則是希望有朝一日，該季刊能再度付梓發行。讓在場的文友們，充分體會到這位滿頭白髮的「文藝老兵」，對文藝工作的堅持與執著。

引言的黃振良表示，《失去的春天》故事背景，是在六十年代的金門，當時地區還處在戒嚴的戰地政務時期，對中年讀者而言，故事中的宵禁、出入境管制、落伍的交通工具、急病後送時的望海興嘆情形，都是生於斯、長於斯的金門鄉親，生命中最深刻的記憶。因此，在陳長慶巧妙鋪陳下，透過一段刻骨銘心的愛情故事，提供給讀者們一個記憶中的家鄉，陪大家共同緬懷過去、走向未來，讓大家看到不堪回首的往昔，也感受到突飛猛進的今天。

黃振良說，在《失去的春天》裡，失去的是一個離我們愈來愈遠的春天；不過，當我們揮別過往，盡情發揮盛夏的熱與力，走過天涼好個秋，去面對嚴寒的磨鍊與考驗時，迎接我們的，必定是另一個風光明媚的春天。

原載於八十九年五月二十九日《金門日報》

寫作協會舉辦讀書會活動

熱烈討論——陳長慶大作《失去的春天》

【記者陳延宗／金城報導】

金門縣寫作協會讀書會於昨日假縣立文化中心進行第二梯次讀書會活動，討論地區文壇耆宿陳長慶大作《失去的春天》，全體會員藉著閱讀與討論、傾聽與分享，並和作者面對面的互動，共享精美的文化盛宴。

甫滿二週年的金門縣寫作協會，在縣立文化中心大力協助下，讀書會活動已進入第三個年頭。八十九年的讀書會活動，自三月份開辦以來，昨日依計畫假文化中心二樓「文藝之家」舉行第二次的閱讀活動，共同研討陳長慶先生大作《失去的春天》，整個活動由黃振良先生導讀和引言，並由會員們就讀後心得提示討論與求教。陳長慶並述說寫作心路歷程暨整體小說的原由，形成作者與讀者之間良好的互動，大家都深感獲益匪淺。

大家首先對作者在初中一年級後輟學，靠自修苦學而寫出那麼多好作品，而敬佩不已。對其熱衷寫作、推行地區文藝活動的精神更是感動。而《失去的春天》是在他封筆二十四年之後，又重新投入寫作的作品，大家也都感覺很好奇，尤其都想瞭解「整本小說的真實性，及故事中的男主角是否就是作者本人」。

作者年輕時即熱愛閱讀與寫作，並不因學歷低而自卑，自修苦學，努力寫作的結果，廿五歲時即出了二本集子，當時在金門文壇即傳為美談。因愛書而開書店，為充實自己而暫時封筆不再寫作，廿四年後經驗累積成精鍊的寫作技巧，才能造就出長達十六萬字及文情並茂的作品。

《失去的春天》是以戰地政務時代為背景，敘述男女主角純情動人的戀愛故事。整個故事背景是你我皆熟悉，書中眾多人物至今仍有許多鄉親認識，整本小說儼然是真實故事。針對作者在廿四年後，還能把年輕時的背景故事寫得這麼生動，大家都認定這必是作者的親身經歷。

陳長慶說封筆廿四年後，感覺思想較成熟，秉持著對文學的熱衷，才將六十年代的真人真事寫下來。關於書中男女主角在離別後廿年再見面，其中的「純情」最真、最美，有人肯定這是作者封筆廿四年後，將故事訴諸文字的動力。

當黃振良介紹作者都是在書店的櫃台上寫，利用顧客購書空檔陸陸續續完成，大家更非常佩服。陳長慶當真是熱心投入文學寫作的道路，以他今日在金門文壇的成就，已深受大家敬仰與學習。他卻自謙是久關牛欄的老牛，今天得以見世面，和金門寫作協會成員見面。大家除了探討主題書本外，並就如何推展地區文藝寫作，發揚地區鄉土文學相互研討，踴躍發言，整個活動進行得真實有趣。

此次讀書會，立法委員李炷烽的全程參與，也讓活動生色不少。李委員表示：這是他從政以來，最充實的一個早上，並引述書中「廖主任」本人曾勉勵高中生「人不要忘本」，來日將為鄉親「服務」、「負責」到底。

整個讀書會活動在大家依依不捨的道別下結束，並相約在七月九日見面，進行第三次讀書會活動。

原載於八十九年五月二十九日《金門晚報》

故鄉的黃昏

——咱的故鄉咱的詩之二

日頭照佇碧波無痕的水面
閃閃的金光浮佇咱的目睭前
湧拍石頭的輕聲
海鳥回巢的身影
親像老儂失落的心情
啊　故鄉的黃昏
怎樣無聽著蟬仔聲
怎樣無看著塗猴影
是咱的土地風飛沙
抑是乎妖怪吞食
西天美麗的彩霞
哪會變成一片烏影
歹命的日子乎咱心痛疼

想起彼一年
黃昏的故鄉是火海一片
無情的砲聲霆了四十外日
乎這片土地的生靈承受痛苦佮災難
鄉親期待清平
清平是　　古厝牆壁一句一句的標語
咱的胸口真沉重
聲聲口號共咱壓甲袂喘氣
條條單行法乎咱毋敢呻聲
自由離咱真正遠
想要吐氣嘛驚心驚命

甘苦的日子已經過去囉
悲傷的目屎嘛已經流完
啊　故鄉
咱的前途是無限的光明

拍鑼拍鼓歡喜解嚴
弄龍弄獅共戰地政務廢除
剪斷海岸的鐵線網
草埔內的地雷也排除
一間一間的樓仔厝
一條一條的烏油路
千噸的貨船駛入料羅港
噴射機嘛佇尙義機場起落
免錢的公車逐站停
老儂月月領六仟
學生的營養午餐免收錢
牛椆間嘛申請著薰酒牌
啊　故鄉　　汝的愛親像浯江溪水流
永永遠遠流袂盡
啊　故鄉　　汝的恩情親像大山彼呢懸
這世儂還袂完

黃昏
是一日尙水的時陣
金色的天邊有一片一片的彩霞
微微的海風吹著咱的臉
東倒西歪的頭毛　親像咱的心頭亂紛紛
日頭真緊著沈入海底
月娘照著烏暗的巷仔溝
一隻一隻的紅娘仔佇咱門口埕閃爍
美麗的遠景袂閣浮上海面
啊　這呢水的故鄉夜景
　　這呢靜的故鄉月夜
未來是光明在望
抑是前途茫茫………

木棉花落花又開

對自己心儀的女子，
如果品不出她高尚的情操，
品不出畫家眼中美的曲線，
品不出小說家筆下的似水柔情，
我們或許會衍生出一個疑問，
她到底美在何處？

詩人，門外木棉的枝椏，已由嫣紅的花朵，轉為茂密的綠葉。若依時序來說，這只不過是穀雨過後的初夏，是季節的使然，抑或是受到風雨的摧殘，不該凋零的花朵，卻掉落滿地，徒讓搖晃的枝椏萌起了新芽。

謝謝你在百忙中看完我的《冬嬌姨》，你說冬嬌姨的影像曾經在哪裡見過，這是五0年代一個典形的人物，亦是美的化身，就彷彿是你一位不該愛的愛人一樣，雖然你和她相識已有數千個日夜晨昏，但真正發現到一個美的影像卻是在最近的一段時光裡。以前只認為她是一個平平凡凡的女子，經過幾次交談、經過深入瞭解；經過你用藝術家、文學家、詩人，三合一的慧眼來觀察，她高佻的身軀、飄逸的長髮、婀娜的丰姿、端莊宛約的儀態、文雅的談吐、圓融的人際關係，與冬嬌姨是多麼地相似啊。雖然她有一個美滿的家庭，有乖巧的兒女，有深愛她的丈夫，然你卻不能忘懷一個美的影像，讓它別無選擇、無怨無悔地，深植在你的腦海裡恆久不散，倘若年老時，也會有一個最美的回憶。

詩人，我知道你曾經讀過克羅齊的《美學原理》，對美的認定有不同的思考，也有異於凡人的見解，然而，冬嬌姨卻是在我腦中醞釀出來的人物，雖然與實際人生差距不遠，身為作者的我，非但做了長久的觀察，也化費好大的一番心思，始能把她塑造成一個讓詩人你心儀的人物，這是我深感喜悅與安慰的地方。然而依你所言，那個美的影像近在咫尺，雖然每日都有交會的時光，但如果錯過那交會的一刻，你會有一份難以言喻的失落感，或許你真的沒有企圖心，也從未想過要從她的身上得到什麼，只盼望著看到她，只盼望著能與她天南地北地暢談，無論從古典、從現代、從文學、從藝術、從教育、從家庭、從時事、從政治，甚至從運動延伸到修身、美姿，當然也很嚴肅地談起人心、人性，由人性再延伸到幸福的議題，每每你們都是毫無顧忌、毫不避諱地暢所欲言，讓事實更明朗，讓心中的疑問消失在彼此的誠真上。

詩人，我很高興你能在短暫的人生歲月裡，覓得如此的知音，但願爾後為你帶來的是福而不是禍。在現實的文壇上，你已奠定了一個良好的根基，也擁有一個讓人欽羨的清名，雖然你口口聲聲說，從未想過要從她身上獲得什麼，但感情的進展有時卻讓人難以捉摸，它必須要有超人的定力和智慧，方不致於愈陷愈深，方能從一個萬丈深淵爬起來。或許我是多慮了，追求美是你此生最大的堅持，從你的詩裡，不但可看出一些端睨，你的文字何嘗不也是一個個愛的音符在躍動。什麼樣的詩人寫什麼樣的詩，什麼樣的作家寫什麼樣的作品，但如果心中沒有愛的存在，不懂得愛的真義，寫出來的必也只是一堆文字與文字的組合。對自已心儀的女子，如果品不出她高尚的情操，品不出畫家眼中美的曲線，品不出小說家筆下的似水柔情，我們或許會衍生出一個疑問，她到底美在何處？詩人，你膽敢說老哥哥的頭已昏，提出一些不合邏輯的問題，如果你對愛的詮釋尚有疑問，必須再深入朱光潛先生的《談美》以及《文藝心理學》後，再來詳談吧！

詩人，你說今天她打從雨後的長廊走過，棗紅色的套裝，除卻短裙改配黑色的長褲，柳腰肥臀在廊上搖擺，額上的瀏海隨風飄動，披肩的長髮像一片深深的墨竹，明星也沒有她的風華。當她回眸一笑的那一刻，細平眉下的那對鳳眼卻緊緊地扣住你的心弦，高挺的鼻樑、薄薄的唇，蜜桃般的臉蛋、白皙的肌膚，你的心已不能專心地創作，撕掉的稿紙猶若她踩過的地磚，最後雖然定稿有了佳作，卻是你此生寫過最短的一首詩，這首詩題名不叫「美麗」而叫「幸福」，詩裡只寫下短短的三個字，那三個字是最庸俗、最不入流的「我愛妳」！

詩人，你的行為是有差池的。詩，不是順口溜，也非歇後語，你從這條路走來，已不是一段短短的時光，為什麼會為了一個你心儀中的女子，寫出這首不及格的詩？誠然詩的表現各家不一，方家的解讀亦然，但你卻認定它是一首難得的好詩、難得的佳句，只差沒有得到文學獎而已，其他無論從任何一個角度、任何一個基點，它在你心目中、在你創作的歷程裡，已佔了相當大的比例、相當重要的位置。或許，詩是我文學創作最弱的一環，因而不能深入到一個詩人的內心世界，對於你創作的理念甚至意象，仍有不明之處，只能粗淺地感受到那份純真，以及對美的執著和追求，其他我能說什麼，用滿臉的茫然來詮釋我此時的心情，或許再洽當不過了。

詩人，你說她有一對瞇縫的鳳眼，以前的陳蘭麗、楊燕，現在的林憶蓮，都不能與她相媲美，尤其在她無意中眨著眨著的那一刻，更讓你全身上下有飄飄然的感覺，甚至想多看她一眼、二眼、三眼，讓你百看不厭，千看、萬看也不倦！詩人，至今我依然不明白，你竟然像著魔似地，以那麼誇大的言詞，來詮釋源自你心中的那份美，這與文學理論是背道而馳的，更何況你是一位詩人。誠然我們不能否定詩人的熱情，也不能否定詩人有其可愛的一面，文學創作也不必跟著理論走，然你是否想在文壇獨樹一格，或是想摸仿西洋的藝術家，割下自己的耳朵，送給心儀中的女子，這才稱為美、這才叫著愛、這才能驚動天地和鬼神！詩人，如果你有如此的思維和想法，那便是錯，文人必須有傲人的風骨，千萬不能把自己的快樂建立在別人的痛苦上。況且，幸福也是靠自己去追求，沒人會主動地給予我們幸福，沒有結果的愛更要坦然處之，不可掉落在愛的深淵而不自知，別忘了這是一個危險的警訊，它足可讓你身敗名裂、死無葬身之地，更別夢想有那一個女人，情願為你流下悲傷淚。

詩人，你說想拜她為師，讓她引導你，進入太極的世界，她不加思索地一口答應，而且還現場露了幾個招式，她柔美的姿勢，熟練的拳法，讓你不佩服也難。她毫不隱瞞地告訴你該注意的事項和要領，從「虛領頂勁」、「尾閭中正」、「涵胸拔背」、「兩眼平視」，一直到「全身鬆開」，每一個姿勢，每一個動作，都為你做詳細的解說。然而你是否真有此意要成為她的門生、真能靜下你的一顆詩心來向她學習？還是依然想看她舉手投足時的美麗？在拙作《冬嬌姨》裡，有如此的一段：「營長的雙眼一直停留在冬嬌姨上下起伏的胸前，雖然她用衣服緊緊地包裹著，但那誘人的少婦胴體，卻深深地激動著營長的心靈；當冬嬌姨站起身，他的眼睛卻滑落在她的小腹上，而在冬嬌姨轉身的那一刻，他的眼珠卻在冬嬌姨渾圓微翹的臀部上打轉。」詩人，你想拜師的心是否與營長那時的心境一樣，如用醉翁之意來描述你或許不妥，也不敬。果真想從太極來修身、養性和強身，如果心中沒有邪念，相信她能引導你、帶動你，一步步走向一個虛擬的幸福世界，如果想獲得一顆甜蜜的幸福果實，不在人間，而是百年後的天上，只因為她此時的幸福已給予另一個幸福的男人，任誰也不能把它攪亂再和合。詩人，這是你此時此刻必須深思的問題，倘若再一意孤行，那扇你夢寐以求的幸福之門，永遠不會因你而開，誠摯的友誼也會因此而結束，屆時，你是得、還是失呢？

詩人，你說她不喜歡那種蜜糖般地黏黏的朋友，你是否曾經黏過她、或者打了不該打的電話、抑或是無聊地上過她的家門，造成她不必要困擾、影響了她的工作情緒？若是針對你而言，必須加以檢討，如果僅是譬喻，那便是在提醒。往往當局者迷，旁觀者清，有些小動作則易讓人誤解，果若因此而失去這份可貴的情誼，的確是得不償失。詩人，依我的判斷，你雖然有異於常人的豐富感情，亦有詩人的浪漫情懷，但不屬於那種蜜糖型的男人，你曾經是年輕的頑固份子、不滿現實的社會菁英、又有文學家的孤僻和冷漠，只是今天在這方土地上，遇見一位你心儀卻不能愛的女人，這是詩人你內心永恒的痛，也是你此生倍感遺憾的地方。詩人，千萬想開點，浯鄉此時冾逢枯水期，跳下太湖也淹不死，務請你省點力氣吧，免得勞民傷神、污泥沾滿身，倘若生前緣未盡，何不來生再續緣。

詩人，對愛你有獨到的見解，亦有不同的詮釋。「愛」和「欣賞」似乎也同在一個平衡點，如果對於一個美的事物，心中衍生不出一點愛，教人如何去欣賞它呢；如果純為欣賞，也只能用一對極平常的眼光來瀏覽，並不能在我們的腦裡長存，也不能激起我們心靈中的那絲火花。因而，我大膽地假設，舉手投足間都有詩魂存在的你，必也是先發現「美」而衍生「愛」復而再「欣賞」，不管我的推論是否正確，不管你曾經讀過《美學》、《詩學》、《心理學》或者是《玄學》，但千萬別忘了，理論與實務是有差距的。試想，「愛」何須要什麼理論，只要兩情相悅、坦誠面對，心中自然會有愛的存在；而「美」的定意又是什麼呢？詩人，你曾經說過：凡是「真」就是「美」，然而當我們進入到「欣賞」的話題時，卻不得不坦言，每個人都有他不同的欣賞角度、不同的解讀方式，要不然，你為何不去欣賞那些妝扮得妖嬌美艷的明星名模，還是那些端莊宛約、口齒清晰的女主播，抑或是那些言辭犀利、不可一世的女政客，而你心中的美，卻建立在一個平凡的婦人身上，把她當成是一尊聖女來膜拜、把她當成是一個聖潔的處女靈魂來欣賞。詩人，你說當她穿著網狀的緊身衣，配上花裙時，你感受到她青春和俏麗，當她穿上長褲配著寬鬆的上衣時，你感受到她的端莊，而當她穿起了茉莉色的套裝，卻讓你感受到她的性感，也顯現出她高佻的身軀、修長的雙腿、渾圓微翹的臀部、以及一個如玉女般的小腹；或許稍嫌不夠飽滿的是她的胸，然你一向是最不欣賞大胸脯的女人，總認為大胸脯的女人沒有智慧，骨感遠勝肉感，況且你是一位讀書人，並不需要一顆大乳房來幫你做社交工具，這是我深感認同的地方，也佩服你有獨到的眼光。

詩人，恭禧你又有新的詩集要問世，這是你智慧的結晶，也是你用心血換取而來的成果，不管它能不能綻放出燦爛的文采、不管它能不能獲得方家的肯定和認同，倘若一位詩人寫不出詩，一位作家寫不出作品，他的文學生命始必要宣告結束，又有何格與友朋談文論藝呢？這些年來親眼目睹你如泉湧般的文思，你欲追求的意象，也逐漸地明朗，詩中也不再出現一些晦澀的言詞和文字；豐富的意涵，獨樹一格的詩風，把你的作品提升到一個前所未有的意境，這是多麼地難能可貴啊！詩人，你說要以她的影像來做為這本詩集的封面，好留下一個永恆的紀念，除了她的身影，你將親手畫上一隻白色的天鵝，可是這個美麗的身影要從何處去捕捉呢？白色的天鵝是否能加上一些鮮艷的色形？但願不要畫成飛蛾撲火、自取其禍，方為上策，這也是我誠摯而善意的忠告；當然，我不反對你以《幸福》為書名，而〔幸福〕這首詩呢，不知該排列在哪裡？或許是首頁吧，它象徵著你人生歲月的序曲、而不是尾聲！

詩人，此時新市街頭一片冷清，這是時局變遷後自然的景象，你也可以從我的詩作（今年的春天哪會這呢寒）體會出我此刻的心情和感受。董振良導演主辦的【台北人　故鄉事】藝文週，曾經邀請台語吟唱大師趙天福譜曲，在台北永康公園於閉幕壓軸時，帶動全場吟唱這首詩，如果你曾經到場聆聽，始必也會感同身受吧！詩人，艷陽已高掛天際，映照在木棉的枝椏上，反射出一絲微光，倘若我們的文思依舊、文采依然，但願明年木棉花開時，能綻放出一朵朵、一串串，美麗又幸福的花朵……。

剃頭師

倘若榮耀是與生俱來的，
難道亦有與生俱來的貧窮和卑微？
雖然我從冷淡的寒冬走來，
越過險峻的高山、歷經風霜和雨雪，
但並沒有迷失方向，
這也是我深感安慰的地方。

「剃頭」在古老封閉的社會裡，被歸類為「賤業」。

以前我們經常聽到：「第一衰，剃頭噴鼓吹」這句話，足可見當時對「剃頭」和「噴鼓吹」這兩種行業，歧視的程度有多麼地高漲。或許是爾時的環境衛生欠佳，以及醫藥水準低落的使然，不管是成人或孩童，「臭頭」和「爛耳」者不勝枚舉，剃頭師為了那份微薄的工資，只要顧客一上門，由不得你來挑選，必須忍受著那份髒和臭，時而彎腰，時而直立，小心翼翼地為客人剃頭、修臉。有時，當推剪不小心刺破惡臭的膿瘡時，孩童被刺痛時的哭聲，大人的咒罵聲，的確是苦了那些剃頭師們。或許，各行各業都有它不欲人知的苦楚，沒有歷經過的事物，也不能憑空臆測，古人對這兩種行業的歧視，是否真有一套讓人信服的理由呢？我們是一頭霧水、茫然不知。

從懂事後，每次剃頭，都是在自己的村落，由駐軍開設的克難福利社理髮部。那時的剃頭師，均是在大陸習藝而後從軍報國的「老北貢」，他們歷經三年四個月的學徒生涯，雖然所學的技藝各有千秋，但大師傅的架勢和神氣模樣卻如同一轍，小小的頭被他扳上按下，左扳右按，既酸又痛。脖子上的圍巾沾滿著髮渣，又刺又癢。洗頭時被他的長指甲抓傷了皮，疼痛難忍。那時人小又膽怯，竟連聲也不敢吭；倘若前人揶揄他們是：「第一衰」，而此時必須尊稱他們為：「第一神」。

十六歲那年，在升學無望的同時，經人介紹，我到座落於太武山谷的「金防部福利委員會太武理髮部」擔任售票員，吃、住公家，月薪新台幣三百元。白天除了售票、遞毛巾、到伙房打飯外；晚上打烊後，還要掃地、洗圍巾、洗毛巾、擦拭工具，雖然不是學徒，但所做的幾乎都是學徒的工作，只差沒替眾師傅洗內衣褲而已。那時軍中的人事體制似乎不太健全，承包理髮部的「頭家」名叫黃鳳騰，他在大陸曾經接受過名師的調教，擁有一流的頂上功夫，但大字卻識不了幾個，從軍後由大陸輾轉到金門，卻還是上兵理髮兵，也可說是「北貢」兵裡，軍階最低的一位。他按月向隸屬的勤務連繳交五百元的福利金，就任由他在外面當起了頭家。那些理髮師傅，也是經過挑選的台籍充員戰士，他們來自不同的縣市，個個都是頂上高手，因為在這裡剃頭的，大部份是防衛部的官兵，在高官多於小兵的大單位裡，更是馬虎不得。曾經有一位是台北「老美人理髮廳」的師傅，要傳授我手藝，他首先教我幫一些較老實的小兵洗頭，剃頭師的術語「洗頭」稱「滷山」。而「滷山」這個最基本的玩意兒，看似簡單，學來卻不易，往往不能搔到客人的癢處，還得讓客人親自動手猛抓起來；有時不僅把肥皂水沖到客人的脖子裡，且也灌進了客人的鼻孔內。而後師傅又給我一把舊剃刀，告訴我握刀的方法後，要我沒事時握著剃刀，手肘不能動，輕輕地搖動著手腕，這也是一種高難度的動作，並非一天二天、或一年半載可學成；想想師傅們學了三年四個月方出師門，實在也不為過。在傳統「剃頭歹名聲」的使然下，我並沒有拜他為師的意願，再待下去似乎也沒什麼前途可言；不久，我就離開了太武理髮部，轉而回家協助父親農耕。

坦白說「做穡人」並非人人可為之，至少必須具備一副強壯的體格；扛不動犁和耙、挑不動兩桶水肥，要怎麼「做穡」呢？總不能只牽牽牛、拔拔草吧；尤其自幼受到貧窮家境的影響，除了營養不良外，相對地發育也不健全，長得既瘦弱又矮小，想成為一個莊稼漢、做穡人，談何容易呀！我倒有點兒後悔，當初在太武理髮部時，為什麼不好好地跟眾家師傅們學學「剃頭」這門手藝，若依那時的背景關係，只要認真學，說不定很快就當起了「剃頭師」。而此時，機會已經錯過了，「好名好聲」回家「做穡」，卻勞累個半死，如果與「歹名聲」的剃頭師相比，那真是「東坡」與「西坡」差多！做穡人必須靠天吃飯，剃頭師卻有人自願送錢來，君不見現時代的剃頭師們，無論穿著和儀表，個個都如紳士般地體面，每天在室內工作，既無刺骨寒風的侵襲，又不怕雨淋和日曬，猶若温室裡的花朵，令人欽羨。

終於在一個偶然的機會裡，看到「山外理髮部」招收學徒的廣告，我和同村的幾位少年，決定去報名學「剃頭」，尤其是半年就可出師的速成班，最讓我們心動。或許，一般人對剃頭這種行業尚懷有偏見，因此報名的人並不多，我們正式被錄取了，也開始六個月的學徒生涯；想起半年後就可出師「賺吃」，內心有一份難以言喻的喜悅。

然而，凡事也不能高興太早，一百八十餘個苦日子剛開始，以前承包「太武理髮部」的「上兵頭家」黃鳳騰，因為該理髮部不再外包而派到這裡當領班，我們雖然是舊識，但他始終有一種不可一世的大師傅架式，我並沒有刻意地去巴結他，任由他使喚；而且也和其他學徒一樣，輪流買菜、煮飯、提水、洗毛巾、擦工具、掃地、倒痰盂。當然，在幾位較熱心的師傅指點下，也開始用剃刀輕輕地刮著自己的腿毛，鍛練剃鬍修臉的功夫，有時師傅也做為我們「洗頭」（滴山）或「修臉」（澇良）的試驗品，一些較老實的客人也不例外。果然三個月下來後，我們不僅學出了心得，也有了信心，一旦有兒童或者是一些較「大條」（老實）的客人進來，師傅會讓我們先給他們圍上圍巾，然後拿起推剪，一緊一鬆、一鬆一緊，慢慢地往上推、向上剪，雖然剪成一個很「性格」的「馬桶蓋」，客人也不會計較，但卻是「山外理髮部」，「剃頭師仔」所「剃」出來的「頭」，惟恐砸了招牌，師傅也不忍心就這麼地讓客人走出去，總會重新為他們修剪一番。慢慢地，我們也領悟到「順」與「蓋」之間的區隔和技巧，一旦這道竅門被點破，半年出師非夢想，以前三年四個月的學徒生涯，的確是漫長了點。當然，若想成為一流的剃頭師傅，則要歷經一段時間的養成，更要以謙卑之心，接受老師傅的調教，認真學習和揣摩；倘若能由顧客的髮際、臉型，進而瞭解到他的心理，如此剃出來的頭，才能博取顧客的喜悅和歡心，只要顧客滿意，不想成為一流的剃頭師也難。

那時，金門地區有名的「山外理髮部」和「太武理髮部」都直屬於「金防部福利委員會」，總幹事是財務上校退伍的牛少齋，他靠著與司令官的關係，在福利單位，是一位意氣飛揚、一言九鼎的長官，員工一見到他那副長而不苟言笑的馬臉，無不懼怕三分。在太武理髮部古領班的建議下，牛老總同意我回到太武繼續學藝，這裡也是我最熟悉的地方，古領班和另外的兩位師傅也是我的舊識，他們笑說：「每月三百元的薪資要你學，你卻沒興趣；每月只有五十元的津貼，你倒學得很起勁。」人，往往都是如此的，沒有遭受環境逼迫的時候，不懂得去牽就它，也不懂得珍惜它。如果當初不貿然離開，認真跟眾師傅學藝，此時必是這裡最年輕的剃頭師，說不定待他們退伍後，我也有機會當上領班，只負責「剃」上校以上，那些高級長官的「頭」。

回到太武理髮部，雖然有舊識的領班和師傅，但我始終很識相，沒有忘記自己是學徒的身分，除了工作，也認真學習，畢竟還要兩個月才能出師。但人的藉遇有時也難料，有一位師傅退伍了，他空缺的理髮椅，連續幾個航次，都補不到學有理髮專長的新兵，於是古領班發給我一套堪用的工具，一件白色的工作服，在客人多的時候，安排一些較易「賺吃」的客人給我，一方面讓我學習，一方面考驗我所學的功夫。所謂慢工出細活，這句話用在剃頭這種行業上，的確是較妥當的，客人最忌粗魯和草率，除非有緊急事故，幾乎沒有一位客人想三兩下把頭剃好，在傳統的觀念裡，剃頭和洗澡都是一種享受；因而，幾個月下來，我已領悟到箇中竅門，以「慢工」來彌補技術上的不足，況且我與眾師傅不同，他們技術好所以能快，也因為快而能多分點福利金；而我尚是學徒，怎能與他們相比，古領班給我這個磨練的機會，實在讓我感激萬千。每天，我大約有三、四次充當剃頭師的機會，一般理髮票價是三元，吹風抹油是五元，若以此來計算，一天下來或許有十餘元的收入吧，古領班囑我不必補票歸公，但要保密，一個月下來，連同五十元學徒津貼，約有四百餘元，的確讓我興奮異常。

剃頭師雖然能夠慢工出細活，然而不管是上海師傅或北平師傅，不管他的技術有多麼地高超，亦有失手的時候，像我這種「半桶師仔」，更是狀況百出。在一次修剪客人的鬢邊時，只聽到「卡」地一聲，尖銳的剪刀已剪到客人的耳朵，只見客人的身軀抖了一下，紅紅的鮮血由微小的一處傷口不停地冒出，客人是一位老士官長，心想這一下可完了，不被他揍也會被臭罵一頓。我趕緊用毛巾按住他的傷口，但只要手一鬆，血又流出來；我改用棉花，效果亦然，客人見我緊張又害怕，並沒有責備我；我驚魂未定地求教於師傅，只見師傅不慌不忙地，從粉撲上拔下少許毛沾著粉，用力按在客人的傷口上，這一招倒也神奇，血就這麼地被止住了。對於這位客人，我懷抱著一份歉疚的心，在洗頭時，我特地為他做頭部和頸部上的按摩；在修面時，我輕輕地、慢慢地，把他的鬍鬚、把他的汗毛，一遍又一遍、一遍又一遍，刮得乾乾淨淨來彌補他，當然也向他陪罪。理完髮後，我再三地向他道歉，也堅決地不收取他的工資，他不但不肯，且和顏悅色地告訴我說：「老弟，你不要介意，這種事我碰多了；小心總有不小心的時候，況且你並不是故意的，只是不小心而已，以後我依然會找你剃頭。」

聽到客人的安慰聲，內心坦然多了；然而，是否每位客人都如此，那倒不儘然。剃頭師最怕的是「鬍鬚哥」也是術語稱的「蔡良」，一看見他們踏入店門，被輪到的師傅笑臉隨即往下沉，內心也會浮起一個「衰」字；昨晚剛磨的剃刀，刮一次又必須重磨，人家理好一個，他尚未把鬍鬚哥的鬍子刮乾淨，況且並沒有那一條法律規定「鬍鬚哥」剃頭要加錢，同樣的工資，卻要化兩倍的時間，倘若說鬍鬚哥是剃頭師內心永遠的怕，的確一點也不為過；但如果遇到無毛的「白虎」呢，對他們來說或許也是「衰」吧！往往，每當剃頭師要為鬍鬚哥修面時，必須先用鬍刷沾上肥皂，塗抹在鬍鬚上，然後敷上熱毛巾，讓粗硬的鬍鬚柔軟，如此地刮起來，方不致於讓客人疼痛難忍，也會刮得更乾淨。然而，「半桶師仔」的我，雖然也依樣畫葫蘆，但當我替伙房的「鬍鬚班長」修面刮鬍的時候，每刮過一個地方，微小的血珠就從他的毛細孔中冒出，躺在理髮椅上的鬍鬚班長，似乎也有痛苦的表情，我霹靂叭啦地在劃刀皮上，上劃下翻連續劃了好幾次，企圖讓剃刀更鋒利，也重新為他敷上熱毛巾，好讓他的鬍鬚更柔軟，如此一來，一定能把鬍鬚班長的鬍鬚刮得一乾二淨；然而正當我喜悅的同時，剃刀卻在他的唇角頓了一下，糟了，我的心裡如此地感應著。鬍鬚班長快速地坐了起來，在鏡前照照、用手摸摸出血的傷痛處，終於發了火。

「你他媽的會不會！」

我紅著臉，懼怕地不敢回應他，竟連一聲道歉的話也說不上口，最後雖然師傅出來打圓場，陪了不是，但鬍鬚班長依然氣呼呼地走了，臨走時還狠狠地瞪了我一眼，相信以後他是不會找我幫他剃頭了，這不知是幸、還是不幸？誠然，我的技藝有待加強，但在剃頭這個行業裡，我還是相信：小心總有不小心的時候，任憑你的技術再高超，任憑你是一流名師，亦有疏忽的時刻，只是客人不好意思對大師傅們動怒而已。坦白說，剃頭師形形色色的人看多了，上至高官頭家，下至販夫走卒，只要上了門，那一個沒讓他們摸過頭；因而，無形中也把他們塑造成一個「上等人」，一旦你得罪了他們，準會給你貼上一張「嘐囉所」的標簽。剃頭師最討厭的是「蔡良」（鬍鬚哥）和「嘐囉所」（囉唆的客人），倘若被他們定位是「嘐囉所」而不自知，每次還對著鏡子東照照、西瞧瞧，嫌這、嫌那，可別惹惱了他們，並非你化了幾塊錢、給幾文小費，就想讓他們低聲下氣地來服侍你，如果有如此的思維，那便是錯。往往在客人看得見的地方，他們會順著客人的意思重新修剪，而腦後那片自己看不見的地方呢？不是半個「馬桶蓋」也會是一個「帽仔箍」，又有誰能奈何得了。或許當你發覺到被耍時，會氣憤地說，以後絕對不找他剃頭，或換另一家理髮店，但如果你嫌東嫌西的本色不改，依然神氣活現，無論走到那一家理髮店，永遠是剃頭師心中的「嘐囉所」；換那一位剃頭師都一樣，換那一家理髮店也佔不到便宜，大凡能容光煥發地從理髮店走出去的客人，都是剃頭師心中的「禾是所」（好客人），畢竟「嘐囉所」是比較少的，但不能說完全沒有。

在五0年代裡，剃頭師用煤球燒火鉗替客人燙髮；六0年代時由吹風機取代，但如果髮絲較粗、髮質較硬，吹過的髮形，一覺醒來，保證又是根根樹立、排排站。不知是何方高明的剃頭師，用少量的「氫氧化鉀」配上「紅丹」和「磁土」調成「燒髮藥膏」，只要快速又均勻地把它塗抹在髮上，不久髮質就變軟而微曲，經過沖洗、抹油、吹風後，儘管是滿頭的鋼絲髮，最終也是服服貼貼的；尤其「紅丹」有黑髮的作用，一些髮質較硬、髮絲斑白的「老北貢」，更常用它來美髮。然而這種含有毒素的化學藥品，一經觸及人體，如不快速沖洗，易使皮膚腐爛，相對地頭髮亦然，剃頭師把燒髮藥膏塗上後，必須用梳子梳動著髮絲，把藥效的時間控制好；時間過短，髮絲尚未軟曲，時間過長，髮絲始必因腐爛而斷掉，要用什麼方法才能拿捏得恰到好處呢？除了憑經驗，也得靠運氣；剃頭師嘛，雖然處處小心，但總有不小心的時候。

「太武守備區」指揮官，陸副軍長的勤務兵王上士，他有一張討人厭的馬臉和一口大暴牙，但對理髮素來相當地重視。他的髮質雖軟卻花白，他想要的是藉著燒髮藥膏的藥效，來染黑而非燒軟；然而不管它的作用是什麼，都要有一定的時間，倘若燒的時間太短，白髮非但不能黑，反而成灰黃，一旦燒久了，則深恐髮絲腐爛而斷掉，因而他既要頭髮黑又要頭髮不斷，這也正考驗著一位「半桶師仔」的功力和智慧。然而能讓它兩全其美嗎？師傅都有困難，師仔焉能言易，而客人呢？有時外行充內行，一旦有了差錯，怨得了誰。

「王班長，洗頭啦。」我用梳子測試著他塗著燒髮藥膏的頭髮藥效，的確已到了不快點沖洗不行的時候。

「再等一等，沒燒黑多難看。」他看了看鏡子，不在乎地說。

「再等就變光頭啦！」我緊張地說。

「光頭就光頭嘛，你窮緊張什麼？」他慢吞吞地從椅上站起，跟著我步向洗頭臺。

我快速地調整水溫，按下他的頭，以最大的水注沖洗他塗滿著燒髮藥膏的頭部，當我的右手鬆動著他的髮絲時，已深知到不妙，打上肥皂後，只要用手一抓，腐爛的髮絲隨即跟著掉落，因而，我不敢用力，僅用手指輕輕地搓著，但頭皮一經肥皂水滲透，往往讓人癢得難受。

「你他媽的沒吃飯啊？癢死了，用力抓呀！」王班長尖聲地說。

「再用力，頭髮就掉光光啦！」我誇張地提醒他說。

「掉光光也要用力抓！癢死了。」他再次地說。

然而，我能嗎？倘若用點力，的確能搔到他的癢處，但那掉落的頭髮怎麼辦，待會兒鏡中所映照的，將是一隻「臭頭雞仔」，他是否會承認剛才說過的每句話？還是把一切的過錯都歸咎於剃頭師？

洗完頭，我懷著忐忑不安的心情，陪著他走回座位；心想，挨一頓臭罵絕對免不了，然而卻出乎我所預料，他並不計較頭髮斷掉多少，卻滿意白髮被燒成了黑髮，於是我極端小心地先為他吹乾，抹上薄薄的髮腊，把未斷掉的長髮，輕輕地梳來掩蓋斷掉的短髮，手掌斜托毛巾，擋住吹風機送來的熱風，而後緊壓，讓頭髮服服貼貼地貼在頭皮上，頂端則為他吹了二層波浪，也是時下最流行的「納米」髮型。

我悄悄地瞄著眼前的大明鏡，目睹王班長喜悦的形色在鏡中浮動，不安的思緒頓時由我的腦中消失。

「好，老弟你的功夫要得！我想理的就是這種髮型。」理完髮後，王班長如此地誇讚我說。相對地，我的心中也萌起一股無名的喜悅和成就感，爾後王班長真的成為我剃頭生涯中的第一個老主顧，也是剃頭師俗稱的「掐擂所」。

六個月過後，我正式出師了，但依然是「半桶師仔」一個，經常地狀況百出，但我依然以「剃頭師嘛，小心總有不小心的時候」來安慰自己，對於一些「烏肚番」的客人，也不想以「客人永遠是對的」來討好他們。別忘了官再大、錢再多，只要活著，只要他們想美髮，他們的頭永遠要交由剃頭師來修刮。要你低頭，你不得不低；要你左傾，你不得右斜，剃刀在你的臉上刮呀刮地，你膽敢亂動？再「狗怪」，讓你頂著「馬桶蓋」出去，別以為你化了錢就是大老爺，不把剃頭師放在眼裡！當然，人也必須懂得相互尊重，金錢與勞力也同在一個平衡點，萬萬不可再把剃頭歸類成一種賤業，剃頭師也應該發揮他們的頂上功夫，扮好一個服務人群的好角色，讓每位客人都能容光煥發地走出店門。

過完年，幾位曾經在台北「老美人理髮廳」、「天美理髮廳」，台南「大舞台理髮廳」，高雄「港都理髮廳」的大師傅們，都相繼地退伍歸鄉；繼而挑選來的，似乎都是一些比我還不如的「半桶師仔」，於是我一躍而成為「高級長官理髮部」的剃頭師，專門為上校以上的長官剃頭。坦白說，這些高官與年輕兵哥是兩種截然不同的髮型，年輕人追求新潮，趕流行，而高官們是清一色的西裝頭（少數是平頭），沒什麼重大的變化，唯一的竅門是不能馬虎，化上的時間幾乎是一般的兩倍，他們較相信「慢工出細活」，我也能洞察到他們的心；我慢慢地理，他們則耐心地等待和接受，當然總有理好的一刻。於是不多久，我已成為這方理髮部的「名師」，還得經常地提著理髮工具，到將軍的辦公室，為將軍梳理三千煩惱絲。往往，大官待人都是很和氣的，但似乎也很小氣，幫他剃了大半天頭，有時還誤了餐，只交待侍從官給小費一十元，當然那時一碗肉絲麵是五元，說來十元也不算少，況且我的待遇是採月薪制，小費的金額雖不大，卻是一筆額外的收入。

我的剃頭生涯在短暫的時光就宣告結束，長官要我從軍報國才有前途，只要我報了名絕對能錄取，訓練一年後將是少尉後補軍官，一年半後升中尉，二年半後升上尉，前途無可限量，還在這裡剃什麼頭！長官的德意我是銘記在心，然而每月八百元的薪資，對貧窮的家境來說，的確是不無大補；因而，我辜負了長官的期望，但長官依然關愛有加，似乎也不願見到我，把一生美好的時光設限在一個小小的空間裡；於是他用盡方法一路拉拔，把我推向一個更高的層次，讓我人生的路途更寬廣，也讓我在這浮浮沉沉的大千世界，悟得更深的哲理獲取無窮的知識。

轉眼，遠離這工作已近四十年，但我依然念念不忘那段剃頭的日子，亦從未因它而引以為恥、引以為賤；反之，我以擁有這份手藝為榮。如果沒有當初的歷練，何能以此為背景，寫出短篇小說〔冤家〕以及長篇小説《秋蓮》。放眼當今文壇，又有那一位作家，能把剃頭師不欲人知的專用術語書寫在作品裡；我非自誇，或許，前無古人，當然後會有來者，但不知什麼時候。

自小貧窮的家境讓我失學，然我在這所無名的社會大學裡，似乎學到更多的東西。雖然出身卑微、學歷空白，但我並沒有因此而失格、而失志；相反地我活得很坦然、很愜意，以苦學來彌補後天的不足，用作品來填補空白的學歷，誠然未曾達到令人刮目相看的地步，亦無傲人的成績足可炫耀，迄今我仍以一顆謙卑的心，不停地努力和學習；不求名、非為利，只冀望在短暫的人生歲月裡，能披荊斬棘，不為世俗所牽絆，一步一腳印繼續向前邁進，倘若不能，始必被這個現實的社會唾棄，徒留虛名在人間，又有何用？

「剃頭」這個行業，隨著社會的變遷，已逐漸地式微，以前的風光已不復存在，青少年好高騖遠、功利掛帥，誰願入門學藝，三十餘年前與它結的緣，此刻讓我感嘆萬千。俗諺云：英雄不怕出身低。雖然我不是英雄，只是現實社會中的一介平民，然我毫不掩飾地、也坦誠地把過去歷經的片斷，紀錄在生命的扉頁裡，讓我緬懷那段成長的過程和失去的歲月。相較於此時，多少人刻意地遺忘過去、不談過去，用一堆虛偽又美麗的謊言來掩飾過去，不敢面對真實的人生；除了矇騙別人、也矇騙自已，惟有如此，始能凸顯出他世代的尊榮和高貴。倘若榮耀是與生俱來的，難道亦有與生俱來的貧窮和卑微？雖然我從冷浚的寒冬走來，越過險峻的高山、歷經風霜和雨雪，但並沒有迷失方向，這也是我深感安慰的地方。

一日「剃頭師」，並非終身「剃頭人」，曾經擁有的，讓我雀躍；逝去的讓我緬懷。倘若有人以低俗的眼光來分釐職業的貴賤，是否就能凸顯出他有高尚的人格？那似乎也不儘然，只不過是有些人善於偽裝；從外表看來，是道貌岸然的紳士、是端莊婉約的淑女，暗地裡卻做些昧於良心的事。我們能怪誰呢？或許是勢利的社會、險惡的人心，以及滿口仁義道德的偽君子……。

某政客

——咱的故鄉咱的詩之三

某政客．某政客．某政客．某政客．某政客．某政客．某政客．某政客．某政客．

某政客　誠趣味
滿腹道理佮仁義
九點開會十點到
點紅熏　哈燒茶
尻川坐未燒
程序先出喙
大聲細聲吱吱叫
毋是雷佇霆
親像狗放屁
官員看著伊　　毋敢呻聲擱哼氣
審預算　無半撇
貸方借方攏毋捌
損益負債伊看無
拄怪官員虎蘭畫
主計來解釋　見笑轉受氣
伊祖公　恁祖媽
摔椅摔桌亂亂操

某政客　誠夭壽
千聲萬聲爲選民
好康逐家來相報
咱門口是暗摸摸的紅赤土
伊的豬椆邊
有路燈佮紅毛灰路
鄉親有事來拜託
喙唸龜粿粽　紅包隨汝送
討淋　討食　擱要抓
燒酒一攤續一攤
媌仔一個換一個

看著有錢儂　遠遠著點頭
看著甘苦儂　一步無走到
用錢買官做　儂格隨水流

某政客　誠臭屁
吃肉吸血免擦喙
政治這條路
看來平波波
走起烏趖趖
儂講舉頭三尺有神明
歹路走儕會拄著鬼
勸伊拜佛復修行
才會得著好報應

某政客　免歡喜
這屆選舉是春天
春天花蕊芳　日頭艷
咱的鄉親袂擱受人騙
數想用錢來買票
拳頭拇大粒嘛無人驚
十年河東復河西
地球圓圓輪流轉
上台總有落台時
毋通袂記咧　伊貴姓
毋通袂記咧　伊貴姓

李大人

當權力在握時，
誰不想以權力來換取自身的利益，
誰不想以權力來炫耀自身的博學，
這也是功利社會極其自然的現象，
如果不想被欺壓，
就乖乖地做一個順民吧！

今天很巧，在新市街道碰到了李大人。

他的頭依然抬得高高的，那種意氣飛揚、不可一世的傲慢姿態，並沒有隨著歲月的消逝而改變。他裝著沒看見我，難道我要問他一聲：呷飽嘸？那是不可能的！

李大人的母親和我是同村，雖然不同堂，但卻同輩，若依傳統的論理和輩分來說，他應當叫我一聲：「阿舅」，然而他卻違背了傳統，直喚我的名字。坦白說，這也無傷大雅，因為彼此的年齡相當，他又在我們村裡的學堂，接受過啓蒙教育，不僅是同學、也是童時的玩伴，早已習慣呼名和喚姓；況且，名字只是一個人的符號，如果刻意地去計較別人對自己的稱呼，並沒有太大的意義。那時，我剛由公轉商不久，而他已是這方新市鎮一毛二的管區警員，畢挺的制服，兩顆星星在胸前閃爍，頂上的大盤帽，腰際的警棍和配槍，讓一個原本平凡又不起眼的村警，一夕間成了人人欽羨的大人，但我始終沒和他攀過任何的關係，安安分分做一個戰地政務體制下的小市民。

在以軍領政的戒嚴時期，也是小人得志、李大人最風光的時刻，他五親不認，鐵面又無私，講的是「法」、「理」、「情」；當然這只是對一些和他沒有利害關係的鄉親而言，而一些能任由他需索者，往往能網開一面，講的是「情」、「理」、「法」；無論從正面或反面，被欺壓者永遠是善良的老百姓。這雖然是大人醜陋的一面，然當權力在握時，誰不想以權力來換取自身的利益，誰不想以權力來炫耀自身的博學，這也是功利社會極其自然的現象，如果不想被欺壓，就乖乖地做一個順民吧！然而人都能如此嗎？卻也不儘然，往往，受壓迫愈大，反抗的聲浪愈高，因而，在這方小鎮上，我們經常可見到，大人與民爭吵的場面，或許最後的輸家是百姓，但誰敢保證有永不輸的大贏家？大人的一言一詞、所做所為，幾乎都牢牢地銘記在小市民的心中，能忍受一時，卻不能忍過永遠，當有一天，他的行為出現差池的時候，反抗的聲浪、反撲的動作，將是大人內心永遠的痛。

每天早上，大人的首要任務是巡視街道，他挨家挨户要求商家掃地、把垃圾桶排列整齊。當然，美化環境是好事一樁，共同來維護一塊乾淨整潔的廊道，也是我們所該追求的，然而商家有時則因忙於店務，未能即時出去整掃，毋寧說這也是我親身的體驗。那時，彷彿就在昨天似地讓我記憶猶新，大人見我忙於生意，遲無出來整掃的動靜，於是他猛力地吹了一聲口哨、擺了一張臭臉、抬高了左手腕、看著錶、計算著時間，當我的生意告一段落，拿著掃帚出去時，或許已過了好幾分鐘了，只見大人左手插腰，右手指著我，高聲地罵我：「莫名其妙！」那時我年輕氣盛，怎能容得下這種被羞辱的聲音，於是我極端地生氣、也不客氣地高聲反問他：「什麼叫莫名其妙！什麼叫莫名其妙！」一面尖聲嚷著，一面上前緊逼著他後退。他見我動了肝火，竟嬉皮笑臉地拍拍我的肩說：「老同學，不要這樣嘛！」，我沒理會他，先擺好垃圾桶，然後掃地，既然老同學不要這樣，當然也不要那樣了，而到底要怎麼樣呢？或許答案就在他的心中。於是他自討沒趣地走了，爾後見面時他會認我這位老同學嗎？還是良心發現叫我一聲：「阿舅」？抑或是挾怨報復、跟我沒完沒了？或許，過多的臆測並沒什麼意思，況且這並非是一件什麼大不了的事，民不與官鬥，過去也就算了，我心裡如此地想著。然而，大人的思維是否也如此呢？小人總有小人步，只是時機未到而已，您就慢慢等吧！

七十年代初期，雖然兩岸對峙依舊，但似乎已遠離了砲火硝煙，惟有當權者，依然做著反攻大陸的美夢，因而這方土地仍然是戒嚴地區，晚上十點宵禁，並實施燈火管制，凡有電燈的地方，必須要套上內紅外黑的雙層燈罩，以防燈光外洩，然而那些執法者卻拿著雞毛當令箭，試想，一間長廿二公尺的店面，除了前門，餘既無窗又無户，靠門的第一盞燈，套上燈罩原是無可厚非的，而最後面的那盞燈，再怎麼亮晶晶、再怎麼亮光光，也不可能讓燈光外洩，因而最後面的那盞燈我並沒有套上燈罩，經過好幾個月，也接受過檢查，並沒有被糾正或受罰，然而，有一天大人來了，他二話不說，開了一張《六法全書》裡面，找不到違法事項的罰單，我不想和他爭辯，欣然地接受他的處罰，然我一直在思考：要如何向大人討回這筆一百二十元的冤大頭錢，或許只有等機會再說了。雖然先賢說：君子報仇三年不晚，但三年對我來說實在太久遠了，大人隨時會調離這個小城鎮的；當然我也懷抱著一顆寬容的心，只要大人別再找渣，就讓這件不如意的事從記憶中淡忘吧。然而能嗎？大人現在大權在握，想找一個在社會上既不起眼、又沒有利用價值的小市民的麻煩，簡直易如反掌，我也暗中警告過自己，別讓大人用小人計，把善良的百姓送到「明德班」管訓，那才糟！

從小因家中貧寒，讀完一年初中後就失學，長大後夢想能開家書店，好一面賺錢，一邊看書。然而夢想雖然如願，不如意的事卻一籮筐，其中的甘苦，非局外人所能體會。尤其是在這反攻大陸的最前哨，以及戒嚴軍管時期，情治單位和主管機關對文化事業的嚴控，他們設有「特檢組」，以印刷品交寄的圖書，必須先經由他們檢查過後，始能領取；以包裹交寄的郵件，則須由支援郵局擔任郵檢的警察人員，拆封檢查後始能領回，還得不定期接受主管文化業務單位的臨檢。倘若這些檢查人員具備專業知識，倒也能讓人心服，但並非個個都如此，往往他們的自由心證凌駕專業知識，看到「性」字就是「黃色」；看到不同的言論，就是黨外書刊，帶著警總一疊厚厚的「查禁書刊目錄」來壓人。甚至「文教科」的林股長，在某一次檢查時，帶走我五本朱孟實先生的《談修養》，當然受過高等教育的林股長，怎麼會不知道孟實先生是何許人，他是滯留在大陸呢？還是真投了匪？他的作品是為匪宣傳呢？還是能啓發讀者心靈生活之真實價值？多少高等學府以「台灣開明書店」出版的《文藝心理學》做為學生的教材，學生是受益呢？還是思想左傾？時至今日，我依然不認同林股長的做法，只是那個時候，民豈敢與官鬥，別到時被戴上「販賣投匪作家的作品」再加上「思想有問題」的大帽子，讓你永不超生，那才叫悲哀！

往往出版社所交寄的，不是印刷品就是郵政包裹，因而，幾乎每個航次都必須到郵局領取，也經常地碰到李大人支援郵局執行郵檢，有時他是馬馬虎虎地讓我過關，有時卻是吱吱歪歪要我一件件打開讓他檢查，而且也經常假借職務之便，當場向我借書，有時還、有時卻不了了之。對於他的為人，我不但清清楚楚、也了然於胸，心想，何必與這種人計較，只要他不要太過份就好。然而，自從燈罩事件被罰後，我的心裡一直很「賭爛」，當然他也看得出來；而湊巧，年前的某一個航次，限重十公斤的包裹來了二十幾件，負責郵檢的巧而是李大人，我打從心裡暗笑，這下可不好玩了，果然他要我一件件拆開。

「你就做做好事，行行善、好不好？」我陪著笑臉，和他打著哈哈，「我撕開包裹的角落，讓大人您檢查，還是任由您抽檢，免得剪斷包裝帶又拆封，待會兒散散落落的，不好搬運。」

「我是依法行政，每件都必須拆開接受檢查，至於要怎麼搬，那是你家的事！」他冷酷而又神氣地說。

我不再回應他，當然也不會求他，任由他拆封檢查，每當他檢查完一件，我就搬上手推車，但書的封面幾乎每本都上過腊，因而客易下滑，不能疊太高，只好分次推回店裡。然而當我清點核對發書單的時候，卻發覺短少二本時下最暢銷的書，瓊瑤的《一簾幽夢》以及《煙雨濛濛》，我很快地就意識到，一定是李大人趁我不留意時取走（婉轉一點的說法，或許是先「拿」再補「借」吧），於是我快速地回到郵局包裹招領處，果然不出我所料，李大人正陶醉在《煙雨濛濛》浪漫的情節裡，陪伴他的，是桌上的《一簾幽夢》。

「你為什麼拿走我的書？」我一股兒從他手中把書搶了過來，不客氣地說。但我還是為他留了顏面，沒有用「偷」這個尖銳的字眼。

「看完會還你的，你緊張什麼！」他看了我一眼，又取來另一本，我毫不猶豫地又把他搶回。

「坦白告訴你，我開的是書店，不是租書屋，」我極端不客氣地說：

「以後少跟我來這一套，不然的話我就告你！」

「這二本書多少錢？我全買了！」他從口袋取出二張百元大鈔，有點兒生氣地說：「有什麼了不起嘛！」

「沒什麼了不起，」我把書放在桌上，「二本書是四百元。」

「什麼？」他訝異地，「你打過折沒有？」

「誰規定書要打折？」我說。

他心不甘、情不願地，又拿出二百元遞給我，是否自認倒楣呢？還是踢到了鐵板？抑或是怕挨告？或許，什麼都不是；四百元的書籍，扣除成本是否能賺取一百二十元，才是我最關心的，其他與我何干戰地政務體制下的人事任免，經常是不按牌理出牌的，以前同在一個坑道辦公的軍副主任調任縣長，另一位副主任到縣黨部當了主委，政一組副組長卻當了警察局長，雖然不同組別，卻同在一間餐廳吃飯、同在一個營區活動，儘管他們是長官，但想不熟悉也難。在我離開公職來到這方小鎮經商時，未曾刻意地向人炫耀這層關係，也從未給長官增添過任何的麻煩，然而只要長官路過新市里，在時間允許下，總是不忘停車打聲招呼，親切地問問有沒有事，時而也話話家常。有一次，卻讓巡街的李大人碰見了，他左思右想，怎麼想也想不到，我與他的直屬長官，竟如同兄友般地談笑自如。

「你怎麼認識我們局長的？」李大人找了一個機會，問我說。

「坦白告訴你，從縣長、主委到局長，都是我的老兄弟！」當然，老兄弟是誇張了一點，老長官倒是真的，「不信你去問問看！」終究，他是被我唬住了，諒他也不敢去問，倘若真問了也無妨，長官是認識我的。

「想不到，真想不到！」他訝異地說。

「想不到的事情還多著呢！」我賣了點關子。坦白說，在這個現實而有趣的世界裡，小人絕對是怕唬的，但也必須唬得住他，方能讓他心服；反之，他將吃定你，這也是自然的定律。

從此之後，李大人收斂了許多，也客氣了不少，我知道他是因人而異，善良的百姓是享受不到如此待遇的。然而好景不常，舊的夢魘剛驅離，新仇又上心頭；起因於我的分店懸了一塊未經申請的新招牌，依爾時的法令，是可以補申請的，但李大人二話不說、公事公辦，給我一張「妨害秩序」的罰單，又來上一個「妨害安寧」的罪名，處我一千二百元的罰款。我雖然書讀得少，法律也一竅不通，但這似乎是過份了一點，倘若找老長官出面關說或施壓，未免太沒格調了，依當時的經濟狀況，千餘元只不過是小事一樁，何必勞師又動眾，我的心裡如此地想著。因而我決定孤軍奮鬥，和李大人週旋到底。首先我拒絕在罰單上簽名，當然他可以逕行告發，但我似乎管不了那些，也沒有依限向他繳交罰款，諒他也不敢把我移送法辦，而他卻不能不結案；於是他自作聰明代我繳了罰款，把貼了印花的罰單拿來向我要錢。

「錢我幫你繳了，」他把貼著印花的罰單遞給我，「一千二，不信你數一下印花就曉得。」

「謝謝啦！」我裝迷糊，笑著說。

「拿錢來還啊。」他伸出手，極端正經地說。

「大家都是老兄弟嘛，既然你好心幫我繳了，不就算了嗎；還要我還什麼錢呢？」

「少跟我來這一套！」他有些兒生氣地，「賺那麼多錢，也不懂得擺桌酒席，請同仁們吃吃飯，連絡連絡感情，你今天竟然還想吃我！」

「吃你？」我重複著他的語調，「我那裡有這種膽量；想請教、請教你倒是真的！」

「你給我說說看！」他聲音略為大了點。

「什麼叫妨害秩序呢？」我問。

「你掛招牌沒有申請，就叫妨害秩序！」

「不是可以補申請嗎？」

「別人可以，你不行！」

「好，有種！」我冷笑了一聲，「什麼叫妨害安寧呢？」

「你叫人在牆上敲敲打打，就叫妨害安寧！」他有些兒激動地說

「好，好厲害的手腕！」我指著他，高聲地說：「欲加之罪，何患無詞啊！」

「你敢把我怎麼樣？」他說著，用右中指朝下甩了一下，「你去

找縣長、找局長，就說我李某人罰你一千二！」

「你不要囂張，你的每句話天聽到、地也聽到，你會得到報應的！」我氣憤地指著他說。

「那是我家的事，不必你操心！」他說著，伸出了手，「一千二拿來。」

「以後再說吧。」我冷冷地答。

「我不怕你不還！」他說完後，氣呼呼地走了。

或許，他已深知我是一個，不善於打小報告以及搬弄是非的人，因而才敢那麼地囂張和跋扈，才敢如瘋狗般地，緊緊咬住一位小市民。當然他見到我是很「賭爛」的，我看見他亦有同樣的心情，以往的一些老關係，似乎也慢慢地不存在了。久久，我並沒有把一千二還給他，有一天，他到我的店裡，買了四本一百二十入，活頁、精裝的資料簿沒付錢，每本訂價是三百五十元，當然我知道他存心拿去抵帳的，他心不甘、情不願地在賒帳簿上簽了名，我心裡想著：不怕他不還！

隨著一波人事異動，李大人終於被調到「港警所」，當我獲知這個訊息後，我立即地向他摧討這筆欠款。

「老子有錢也不還你，有種你去告！」他傲慢地說。

「你只要再還我二百元，我們就把前帳一筆勾銷。」我低聲地說，企圖把這個心結化解掉，朱子曾經說過：人情留一線，久後好相見。而今天，彼此間並沒有什麼深仇大恨，何必為了一點小事，而傷了感情。

「一毛也不還！」他高聲地說，似乎也看扁了我。

「男子漢、大丈夫，講話算數？」我氣憤而高聲地問他。

「有種你去告！」

我不再回應他，轉身就走。對這種小人，是否該給他一點顏色看看呢？還是從此以後讓他看衰？雖然「賭爛」滿肚，但我並沒有直接找老長官，而是到「政委會監察室」，向老朋友也是首席監察官的郭上校陳述了一遍，他隨即找來督察長；督察長的一通電話、一句「今天不還錢，明天就辦人！」的重話，殺盡了李大人囂張跋扈的銳氣！然而李大人是否會因此得到了教訓，變得謙卑有禮，以一顆誠摯而熱忱的心，來面對鄉親、服務桑梓，還是以自身的利益為出發點，任由他需索，任由他刁難，置鄉親權益而不顧，如此貨色，人人欲誅之！

到了新單位，李大人依然我行我素，受刁的百姓，也是敢怒不敢言。當然他執行的是公務，有時也不能主觀地認定他是在刁難百姓，只是他的行為，已到了嚴重差池的地步，他竟然趁著執行公務之便，勾引一位有夫之婦，在候船室加以性侵害。原以為天衣無縫，殊不知在嚐盡甜頭之後卻碰到鬼，在一次村民大會時遭人檢舉，把整個醜事揭了開來，列席的督察長保證不護短，只要查明屬實，絕對依法嚴辦！於是，李大人頂上的大盤帽被摘了，腰際的槍械亦被卸除，胸前那兩顆星星也不再閃爍；從此之後，李大人的身影就消逝在浯鄉這片土地上……。

敢問仙人道長：這是否叫報應？

朋友

人，除了尊重自己，
也必須尊重別人。
如果把他當成智能不足的呆子來對待，
今天，
我們不會成為朋友。

我的朋友是一位沒有到過四川的四川人。他雖長得眉清目秀，讀完國中後，卻沒有通過自願升學考試，甚至已屆服役年齡，且也沒通過兵役體驗。

顯然地，他的智商與同齡青年相較，是略嫌遜色的，也是俗稱的「條直」。然而，我並沒有以一般世俗的眼光來看他，對他禮遇有加。其實，他不喝茶，不吸煙，所謂的禮遇，說來慚愧，只不過是以「誠」來待他，以和顏悅色來迎他。

他在修車廠當了十餘天的學徒，被解雇後，再也沒有找到任何工作。以口試的方式取得一張輕型機車執照，靠半年領一次終身俸的老爸，為他買了一部簇新的機車。

經常地，他騎著那部新車，光顧我擺設的小書報攤，買一份訂價六元，我實收他五元的「金門日報」，然後聊聊天、談談笑，我也正式地向一些好奇的友人介紹——他是我的朋友。當然，我們也以朋友相互呼之：他叫我朋友，我也叫他朋友。

朋友雖然國中畢業，但似乎認識的字並不多，與我這位只唸過一年初中的朋友相比：那真是差多。然而，他對我這位朋友卻是「死忠兼換帖」。去年我因事去了臺北，把每天固定的零售報委託隔壁的店家代售。朋友寧可不看，也不願買鄰家的報紙，任憑老闆娘花費多少唇舌，向他提出多少解釋和保證，依然不能打動他的心。我也一直心存疑問，朋友是否真能看懂這份報紙，還是因朋友賣報紙而買報紙？

朋友非常熱心，也喜歡助人。當然，我指的是針對我這位朋友，或許他深知我老人家獨守這方書報攤，經常地問我有何需要幫忙的？我請他到銀行換換零錢，每每都能完成所托，亦未曾有任何的差錯。有一次，我整理好退書，打了一個二十公斤重的包裹，請他幫忙到郵局交寄，依重量二十公斤郵資應為一百四十五元，他帶去的千元大鈔，卻找回七百五十五元。我沒有懷疑朋友從中「揩油」，仔細核對包裹執據：重量沒錯，郵費卻顯示出二百四十五元。我知道是郵務人員作業疏失，請他帶著執據，去要回超收的一百元。然而，久久不見朋友的蹤影，內心裡有些納悶，是否他嫌麻煩，不願幫我這個忙。而就在此時，他氣呼呼地回來，結結巴巴地說：郵局那個人叫我去一趟。人雖老，暴躁的脾氣依舊。我的火氣蓋過了朋友，我們一前一後出現在郵局的包裹臺。

「這件包裹明明是二十公斤，」年輕的郵務士把包裹猛力地放在磅秤上，高聲地說：「你兒子偏偏說有錯！」

「他是我朋友，」我怒指著他說：「你才是我兒子！」

「二十公斤沒有錯嘛。」他見我動了火，放低了語氣。

「二十公斤不錯，你收我多少錢？」我理直氣壯地反問他。

他看了執據，按了按計算機，終於認錯賠不是。

我取回超收的一百元，拍拍朋友的肩膀。他卻驚魂未定地說：

「汝真歹死，阮嘛險驚死。」

「免驚啦，朋友，汝幫阮做代誌，阮嘛替汝出出氣。」

他笑了，不是傻笑，也非憨笑，而是如同春陽燦爛般的笑靨，綻放在他那張俊俏的臉上，也似乎讓我們看見一顆純潔無瑕的心靈。

近些年來，明星的寫真集非常盛行，臺北的書報商發書時，經常會附上幾張大型海報。朋友對田麗那張長髮飄逸、線條優美、二點微露、背部真空的海報，一連説出好幾句「真水」、「真水」。這是少年郎內心自然的反應，雖然他的智商不能達到服役的標準，但對美的賞析，卻也有一定的標竿，至少，他能觀顏察色，分辨美醜。我曾經開玩笑，要把送報的老羅介紹給他，朋友的直接反應是：「阮嘸愛，阮嘸愛，老査某，歹看死！」當然，以老羅四十一枝花的虎齡，做他老娘也有餘，怎能做「牽手」。有時，玩笑也得守分寸，老羅是一個變臉如變天的女人，一旦讓她知道，阿公鐵定要「夭壽」。

不知怎麼的，我送給朋友那張田麗的裸體海報，他又退還給我。他羞澀地笑笑，沒有告訴我原委。或許，田麗在他心目中，已不再是「水查某」了。喜新厭舊也是人之常態，是否他已尋覓到一位比田麗還「水」的「查某」，把先前所見的推翻掉，讓審美的水平又提昇了一層。

終於，我打破了一只潔白無塵的沙鍋，他告訴我：田麗實在「真水」，但他不能要這張海報，因為他爸爸罵他「愛查某、袂見笑」。他的臉微紅，低著頭，久久不言不語。我實在找不到一句妥善的辭彙，來安慰這位朋友。他的純樸，他的一顆未曾被社會不良俗氣污染過的心靈，我們該肯定，還是必須與智商的高低混為一談，認定他是這個富裕和高知識社會裡的「傻瓜」和「大條」。

我的另一位朋友——阿財哥常到我這兒看報、喝茶，不知是天生的潔癖，還是不習慣聞到朋友身上所散發出來的異味，每每相遇都會離他遠遠的。因此，也引起朋友的好奇，他輕聲地告訴我說：這個人「怪怪」。我不加思索地告訴他，阿財哥是「傻瓜」，只懂得喝茶、看報。他笑了，笑得很開心、很愜意。是否正在想：有幸在這浮浮沉沉的大千世界裡，遇見了「傻瓜」。從此，我們都有默契，看見阿財哥，就偷偷地叫他一聲「傻瓜」。

其實，阿財哥生來一副福相。他天庭飽滿、羅漢眉、福耳，大眼、獅子鼻，人中溝深線又明。飽讀詩書，出口成章；江澤民唸過的新詩舊詞，他也能朗朗上口；時事評論、財經分析也講得頭頭是道。金門的形象商圈、夜市的規畫、觀光旅遊、兩岸小三通，更是砲聲隆隆、操聲連連，三兩下就把它批評得體無完膚，讓那位顧問公司派來的問卷調查員，灰頭又土臉，自嘆弗如。他對股市的鑽研，也有獨到之處：從「買進時機」到「觀望時機」，從「除權除息」到「漲跌比率」，從「量價關係」到「價跌量縮」：：：等等，「長官」聽得津津有味，老人家則是滿頭霧水，有聽沒有懂。然而，股市深如海，往往人算不如天算，他真能從其中獲利多少，還是常被「放空」和「套牢」，我們不得而知。但可從他年前在金城伯玉路購買的那片建地，準備在兩岸三通後，蓋觀光大飯店的構想和計畫裡得到印證；沒有個三、五仟萬，平地衍能蓋高樓？因而，我們肯定他近幾年來，的確是「卯死了」。當然，我們也不能主觀地認定他的財富是來自股市，他來到這個小鎮也非十年八載，從電器行到旅遊業，從經營旅館到海產店掌廚，都是一步一腳印，兢兢業業，勤儉奮發。或許，這才是他龐大財富最基本、最主要的來源。老士官長說，他不像掌廚像書生，朋友見他在魚販處，不買魚看殺魚，我們似乎看到一位道貌岸然的書生，也見到一位滿身油垢的大掌廚，兩者的混合體，分解出來的必定是——傻瓜！

傻者：「大巧若拙」、「大智若愚」也。

朋友幾乎天天來找我，也會把日常生活所見所聞，重複地向我敘述；我也不厭其煩地洗耳恭聽。人，除了尊重自己，也必須尊重別人。如果把他當成智能不足的呆子來對待，今天，我們不會成為朋友，他也不會那麼熱心地詢問我，有什麼事需要幫忙？而日常的店務中，較令我困擾的是退書——既要打包，又要郵寄。但，自從認識朋友以來，一些單件的包裹均由他代勞。有時，我也會送他幾本過期的周刊，讓他翻翻、看看書裡的「水查某」。然而，有一天，他拒絕我送給他的書，一句令我汗顏的話，在他的嘴裡蠕動，讓我多皺的老臉熾熱難忍。

「天下沒有白吃的午餐。」

我不明白他是否真能理解這句話的用意，還是隨興說說而已。若依他的智商，以及知識水準，實難以相信，這句話會出自他口中。我沉默久久，竟然找不出一句可以回覆他的話。此刻，被笑稱為傻瓜的應該是我，而不是富甲一方的阿財哥。

當然，我相信，朋友絕對不會向我索取任何的酬勞。這些事也是他足以勝任的工作，況且連一杯茶水都沒喝過，怎麼會有更高的冀求。他多次地重複「天下沒有白吃的午餐」，我的內心不再有先前強烈般地激盪，也沒有問明原因。且讓時光走遠，一切回歸到原點。「天下沒有白吃的午餐」是警語，也是哲理。只是它出自朋友的口中，更有不凡的意義。我日日夜夜不停地思索著，將來的答案或許盡在不言中……。

時下的一些出版商，經常地在雜誌裡附送一份小贈品。贈品是包羅萬象、千奇百怪，從「小夜衣」到「巧克力」，從「洗髮精」到「沐浴乳」……等。包裝精美，小巧可愛。有一期的《體面》送的是香水，代理發行的「聯盟圖書公司」又另外附贈五瓶。那時是冬天，朋友或許是怕冷，久未沐浴和換衣，身穿的夾克、襯衫的衣領，處處是污垢，體內散發的異味更是濃烈難聞。阿財哥建議送他兩瓶香水，並囑咐他洗完澡、換過衣褲後，灑上三兩點，保持體內的芳香，「水查某」才會喜歡。朋友笑了，雖然接納了我們的好意。然而，喜悅很快地就從他的臉龐消失。他沒有像以往向我道再見，逕行騎著機車，疾馳而去。我與阿財哥都看傻了眼，朋友一定生氣了。他有他的自尊，我們的好意卻成了不可挽回的惡意。既然你們嫌我髒、嫌我臭，我就走。何必說再見！或許朋友想的是這些。

一天，二天，三天，都不見朋友的蹤影。我懷念朋友的心比任何人還強烈。不但失去一位幫手，也失去了一位好朋友。自認為智商比他高的我，卻像一位低能又失智的老年人，仔細的衡量和計算，我們的智商到底高他多少？人的自尊同在一個平衡點，得到不懂珍惜，失去方知可貴，這就是人性的弱點吧！

終於，朋友來了。

那是大年初一的一個晌午。他穿了一套不太合身的西裝。打了領帶，足上的皮鞋閃閃發光，髮上也抹了油；從他身上散發的，已不是異味，而是友情的馨香。我步上前，緊緊地握住他的手。

「朋友，好久不見，新年好！」

他抿著嘴角，臉上浮起一朵燦爛的笑靨。黯淡的時光已走遠，新的友情又來臨；在這變化無常的人世間，誠摯的友情最可貴，「聰明」和「傻瓜」都是——永恆的好朋友。

戒嚴前後

——咱的故鄉咱的詩之四

戒嚴前後‧戒嚴前後‧戒嚴前後‧戒嚴前後‧戒嚴前後‧戒嚴前後‧戒嚴前後‧戒

戒嚴時
我的店內　賣
一本大師的《談修養》
文教科的林股長
保防室的洪課員
同聲講阮賣禁冊
共阮沒收送法院

解嚴後
我的店內　賣
一本明星的《寫真集》
二個警察來檢查
伊講封面女郎無穿衫
共阮查扣送法院

中華民國法律百百條
白紙黑字　清清楚楚
一頁一頁　條理分明
白色恐怖
綠色執政
有差抑是無差

戒嚴前後‧戒嚴前後‧戒嚴前後‧戒嚴前後‧戒嚴前後‧戒嚴前後‧戒嚴前後‧戒

山谷歲月

如果沒有在這方戒嚴時期的軍事重地裡歷練，
我的體內何能衍生一顆文學之心，
也不可能與文學產生互動。
曾經初中一年級的學歷讓我自卑，
而今卻以它為榮。
只是無情的歲月不饒人，
我已從當初容光煥發的青年，
搖身變成一個白髮蒼蒼的老年人。

詩人，從百花齊放的春天，到落葉飄零的秋天，我僅完成了幾首以本土語言為根基的新詩。雖然沒有華麗的詞藻來鋪陳，距離詩的意境又尚遠，但卻是源自我心靈深處的激盪，源自我對這片土地的憂心和熱愛。

今天，我不想以一位長久從事文學創作者的身份，來與詩人你談詩，必須先從夏未蟬寂，螢光閃閃的夜晚裡，我們對坐在木棉樹下，你突然問我對小林善紀的《台灣論》，所引發的「慰安婦」和「特約茶室」風波有什麼看法？或許你深知我年輕時，曾在經管防區福利工作的金防部政五組服務過，也從我的作品《再見海南島，海南島再見》與《失去的春天》窺探了一切。對於二次大戰被日軍脅迫徵召的「慰安婦」，雖然從書本上略知一二，但她們的遭遇與茶室的侍應生是二個截然不同的個體。無論從平面媒體的「言論廣場」或「時論」、「來論」、「讀者迴響」，電子媒體的人物專訪，非但沒有進入到問題的核心，甚至誤把台灣的「私娼」和「女犯人」送到外島當「軍妓」的不實報導，怎不教人憤怒和痛心。雖然，我們都是文學中人，史學離我們很遠，但沉默並不代表我們的無知，引用不實的資料和傳聞來誤導讀者，是我們所不願見到的。因而，今晚我們不談慰安婦，且讓我的思維回歸到三十年前的「太武山谷」吧！

由「明德營區」轉進「武揚坑道」是一九六七年夏天，濕氣在石縫裡凝結著許許多多的小水珠，水泥砌成的地面，是濕漉漉的一片片，政五組窄小的辦公室就在西邊的第一間，木製的檔案櫃，散發著一股霉氣味，老參謀嘴裡含著香煙，時而吐出一圈圈白色的清煙，時而提提老花眼鏡嘆嘆氣。福利官交給我的第一份工作是登記待焚燬的舊檔案，也是我第一次接觸「特約茶室」業務的開始。

坦白說，過時待焚的舊檔案，仍然有其存在的價值，對一位新進人員來說，更如同神助。因此，經過福利官的同意，我們保存了部份可供參考的法令規章。「特約茶室」就是依據國防部頒佈的「台灣省各縣市公娼管理辦法」的法源來設立，其他的管理辦法，則由各軍種、各防區自行釐訂細則。因此，我們肯定，金門特約茶室的設立是合法的。然而，以前的那套管理辦法，非但不完善，而且還穩藏著許許多多的陋規陋習。員工與侍應生之間的互助會，糾紛層出不窮，一方貪財，一方貪利，美其名為互助，實際上是一堆吸血蟲，相互吮吸。管理幹部騙財貪色、白吃白嫖，做假帳、假報銷，剋扣侍應生的副食費……等等的不法行為，隨著時光的消逝，都一一地浮上檯面。然而，想要整頓這個複雜的單位和環境談何容易，首先我們面對的是人事問題，七十餘歲的經理徐文忠先生是茶室的開國元老（據說年輕時，在祖國上海，經營的也是這種行業。），沒人敢否定他的功勞和苦勞，只是年紀大了點，在管理和領導上有力不從心之感，任由下屬胡作非為。當然，上級單位的參謀人員，假借公務之便，開著吉普車到茶室吃吃喝喝的大有人在。是否接受過性招待？誰敢保證沒有！只不過是沒人敢揭穿他們虛偽的面目吧。

終於，主任把他的祕書高中校與我們的副組長對調，上校副組長調祕書，中校佔的是上校缺，誰明升，誰暗降，武揚營區的官兵全都一目了然。長官不但想整頓福利單位，更想以高祕書的魄力來提升政五組的士氣（因為我們的組長劉上校屆齡待退，是一位凡事好好的長官）。果然新官上任三把火，火光首先在特約茶室上空閃爍，而裡面則是砲聲隆隆。劉經理退休，由「台北招募站」杜先生接任經理，並續兼台北招募站業務，以免侍應生的來源中斷。經過多方面的考量和研討，並經長官核准，我們以（五七）宣反字第×××號令頒佈「金防部特約茶室管理規則」，除「金城總室」為經理外，其他如「庵前」，「小徑」，「成功」，「山外」，「沙美」，「東林」，「后宅」，「青岐」，「大膽」等分室原「管理員」提升為「管理主任」

，下再設「管理員」，「售票員」，「工友」，並依侍應生人數的多寡做為員工編制的比例。六等二級以上的幹部報部任免，一般員工經過政四組安全查核後，由福利中心逕行發佈。並追加預算，發給「管理主任」職務加給每月五百元，「管理員」、「售票員」每月三百元。其目的是為了杜絕那些不良的陋習和歪風。一旦違法，並經查證屬實，難逃解雇的命運。

「台北招募站」的招募費，也一併調整，由每招募一位新侍應生給一千元，增加為一千三百元，惟希望能招募到一些較年輕貌美的小姐，但來金服務未滿三個月，中途因其他事故而解約者，其已領之招募費必須追繳。是的，重賞之下必有勇夫，每個航次都有新進的侍應生到茶室報到，由金城總室負責分配，姿色較佳者，以庵前茶室為優先（庵前茶室為校級以上的軍官部，不接待校級以下的官兵），依次為尉級以上的軍官部，並由總室依實際需要，實施輪調。每三個月，配合東、北碇運補航次，由總室派遣一位管理員，以及數位侍應生，到離島巡迴服務。甚至在「慈湖海堤」日月趕工的時候，長官也指示，在「安岐」租用民房，設立「機動茶室」，以紓解官兵的工作壓力，解決官兵的性需求，（並非免費慰勞，依然要買票入場。）長官設想之周到，讓他們爽到最高點。其實說穿了也沒什麼，因為長官也是人，畢竟懂得人心、人性。當然，到了庵前軍官部，他們是不好意思跟著少校一起排隊買票的；或許會自行開車前往，或由侍從官、駕駛兵先行進去通報，悄悄地從後門進去，辦完事後再笑嘻嘻地蹓出來，這在庵前茶室來說，或許是司空見慣吧。

詩人，此時雖然已啓開了我的記憶之門，但我枯燥乏味的陳述，像是向長官做簡報似的。你最關心的是侍應生的來源，是否真如外傳的「私娼」和「女犯人」？這是錯的，而且錯得離譜。坦白說什麼行業都有它的門路，「台北招募站」雖然沒有掛牌，但一些被歲月奪走青春的老娼們，或一些不願被老鴇、被黑道兄弟層層剝削的姑娘們，或許她們已打聽到，外島金門有十萬砲兵部隊，「芋仔蕃薯」，「南貢北貢」都有，是一個很好「趁吃」的地方。她們會自願地找上台北招募站，提出「户籍謄本」、「身分證」、「同意書」由招募站呈報金城總室，並由總室為她們填寫「金馬地區出入境申請書」經福利中心轉呈司令官（業務承辦單位為政五組），當我們接到申請書，必須先會政四組，請他們為該女做「安全查核」。一旦有前科或有不良紀錄，絕對不允許她入境。如果沒有安全顧慮，我們會以「簡便行文表」移請第一處為該女辦理入境手續。因此，我們肯定，特約茶室侍應生的來源，絕對是出於她們的自願，也是合法的入境。相信用我們的人證和物證，足可粉碎媒體那些不實的言論，還給軍中特約茶室一個公道。

詩人，從以上所述，相信你對茶室的設立以及侍應生的來源，不會有心存疑惑的地方吧。她們與茶室是採四六分帳，食宿由茶室負責，每星期一公休，但必須接受醫療單位的性病檢查，由軍醫組責由「東沙醫院」及「料羅醫院」負責執行，如果有檢驗不實，醫務人員必須受到嚴厲的處分。一旦呈現「陽性」反應，必須馬上停業，送「性病防治中心」，接受治療。「性防中心」設在「尚義醫院」後方的一處碉堡裡，內有十餘張病床，我們在「福利盈餘」的項目裡，編有「性防中心事務補助費」每月五百元，由尚義醫院具領，醫務人員及藥品悉由院方供應，接受治療的侍應生，不得擅自外出，不得私自接客，違者，遣送返台。經常地，我們會會同政三、主計突擊檢查，當然，並沒有發現到有違法的情事，因為除了金錢外，她們也懂得珍惜性命，期望將來從良後，能生兒育女，做一個賢妻良母。由此可見，軍方雖然從她們身上謀取一份福利，但也善盡照顧之責，絕對沒有額外地收取她們的費用，增加她們的負擔。甚至，在她們意外地懷孕、生產、或接受人工流產時，只要檢付醫院的證明書，就會發給她們五百元的營養補助費，也給予她們一個月的假期，在室內休息，這也是一般公娼館，所做不到的。雖然她們的收入多數是以美醜來衡量，但個人有個人的謀生方式，生存空間。或許只要服務態度好，表現得溫柔體貼，再老再醜，還是能博取一些老顧客的歡心。因為他們離家實在太久了，孤單寂寞的心，急想得到安慰，壓抑的性、急待紓解。其他方面，他們還能企求什麼？唯一的夢想，或許是反攻、反攻、反攻大陸去吧！

詩人，此刻明月已高掛天際，冷冷清清的街景，彷彿是我寂寞的心。你問我說：特約茶室為什麼又叫「八三一」？（「一」、必須讀「腰」，「二」、讀「倆」，「七」、讀「柺」，「九」、讀「鉤」，「0」、讀「洞」，其他則不變。）這個問題真叫我啼笑皆非，有人說「八三一」是特約茶室的電話號碼，有人猜是特約茶室的代號，就像「擎天部隊一0五單位」是「金防部政五組」一樣。想當年電話號碼是屬於「密」字等級，一旦洩密，軍法大刑伺候，然而，現在來談談似乎也無所謂了。茶室的電話號碼統一為「0一八」，但總機則不一樣，譬如「金城總室」是「西康五號0一八」，「庵前茶室」是「西康七號0一八」，「山外茶室」是「西康六號0一八」，「成功茶室」是「西康三號0一八」，「小徑茶室」是「康定0一八」，「沙美茶室」是「吉林0一八」，「東林茶室」是「新疆0一八」，而「福利中心」是「西康六號0一三」，而我直屬「福利站」則是「西康二號0三一」，這些近乎讓人混淆不清的號碼，的確要感謝「通信組」承辦人員的用心。既然我們的話題已進入到一個有趣的意境，也始終讓我感到迷惑，一句無心的話，讓「八三一」這個代號流傳千古。三十餘年來，我從未向人提及，亦未做任何的解釋，讓謎團繼續留在「八三一」人的心中。今天，既然你已向老哥我啓口，以我們深厚的情誼，我不能編造一個美麗的謊言來迴避這個問題，只好坦誠面對，讓你也感受到「八三一」的高潮。

我曾經在《何日再見西湖水》裡寫過：「職務低微的待從官，彷佛是將軍的分身，高傲、無禮，講話的語氣，儼若主子的口吻。」而將軍的駕駛兵，何嘗不是也如此。我們能理解，一位隨軍撤退來台，無家無眷的沙場老兵，他的內心，既孤單又寂寞。或許，他們暫時把侍應生窄小的房間當成家；把侍應生當成是人生路途上，最親蜜的愛人吧。因為只有從其中，他們才能得到真正的快樂，染上了難癒的梅毒，似乎也在所不惜。然而，侍應生對這些老兵性趣並不太高昂，真正結成眷屬的並不多，寧願天天穿上脫下，也不願被一個老男人套牢，僅止於金錢與性的交易。但他們卻有不一樣的思維和想法，將軍的駕駛正是如此，二顆大暴牙，一堆橫肉，加上一對三角眼，以及陸軍運輸兵上士的軍階。上校組長讓他一分，中校福利官讓他二分，聘任經理讓他三分，並非有什麼違法的情事，或有什麼見不得人的弊端，落在他手上，而是防範小人在將軍面前胡說八道，增加業務上的困擾。然而，他並不明瞭眾家是尊重他；不願惹他，並非怕他。也正因為如此，他儼然是政戰部的「副將軍」，樣樣管，事事操心，打起電話，官腔十足。當然，他關心的是特約茶室，而且都是以高官的口吻來詢問——

為什麼把金城的五號調到山外？

為什麼小徑的七號沒有病，要把她送性病防治中心？

為什麼庵前二號的出入境證，送了好幾天還沒有辦好？

為什麼沙美的管理員幹了十幾年還不把他升主任？

為什麼不把成功那個討厭的主任調走？

為什麼不這個？為什麼不那個？人的容忍是有限的，有時雖然不客氣地訓他幾句，但難免會激起他的不快和咆哮，過後他也深知理虧，在行為和言辭方面似乎收斂了不少。惟小人的本性是難移的，過不了多久，那副神氣的鳥模樣又出現了，他帶來一位同鄉，是遠從小金門渡海來的，為了展現他「副將軍」的架式，大搖大擺地來到我的辦公桌前，敲敲我的桌子，而後說：

「陳經理，你給我查查，青岐茶室二號是什麼地方人？」

「廣東省中山縣。」我不加思索地說。

「你他媽的還沒查，怎麼知道是廣東人？」

「你他媽的周上士，」我不甘示弱地，「侍應生的年藉冊就在我手中，我天天翻，天天看，熟得很，這點小事還能難倒我！」

「幾歲啦？」他又問。

「四十二。」我簡潔地答。

「你他媽的胡扯，那有哪麼老。」

「歷盡滄桑嘛。」我笑著說。

他得意地拍拍同鄉的肩膀，低聲地對他說：「她四十二你四十五，她是廣東你是廣西，嘿嘿，真他媽的有意思。」而後轉向我，輕聲又客氣地說：「老弟打個商量，把侍應生那本名冊讓我瞧瞧。」

「可以，」我提高了嗓門，「請主任下條子！」

他臉色鐵青，瞪了我一眼，拉著他的朋友，連續說出好幾句「走、走、走」，又丟下一句「他媽的」！我暗自好笑，這下可神氣不了吧。然而，他剛步出大門又轉身回來，高聲地對我說：

「老小子，青岐茶室的電話怎麼打？」

我的心中隨即冒起一股無名火，板起臉孔，站了起來，尖聲、快速、而胡亂地說：

「新疆三號八三一、八三一，所有茶室都是八三一！」

他見我動了肝火卻低下了氣，皮笑肉不笑地唸著：

「嘿嘿八三一，嘿嘿八三一，嘿嘿所有的茶室都是八三一……。」

也因此，「八三一」這個美麗的新代號，經由「副將軍」的宣傳和代言，終於讓它的知名度，在金門甚至全國快速地竄升。然而，茶室的員工會認同這個新代號嗎？他們是滿臉的無奈和莫名其妙，但為了五斗米，總要忍受隆隆的砲聲吧。

詩人，特約茶室的設立，侍應生的來源，八三一的由來，我都為你做簡單的描述。至於為什麼會開辦「社會部」，那是針對地區無眷的公教而設立，並由金城總室試辦，時間限定在晚上八至十點，票價是軍票的三倍。雖然我們不能以此來歌頌長官的功德，但至少，他懂得人性。有眷的公教可探眷，無眷的公教呢？他們沒有將軍的福份，茶室的後門永遠不會為他們開，只好夜夜思女到天明；偶而的，再來一次五個打一個的成人遊戲吧。然而，「社會部」的營業狀況並非如我們想像的那麼熱絡，甚至還發現一對母女私娼（老的並非在地人，據說是早期的侍應生，從良後緣定金門，夫已歿，為了生活又重操舊業，把女兒也拖下水。），在戒嚴時期的戰地金門，在民風純樸的英雄島上，簡直是不可思議。尤其是那套讓人膽顫心驚的單行法，誰敢不依不從。經過警方的調查，長官也體諒她們的生活狀況，嚴禁老的再重操舊業，把小的（已屆法定年齡，並經過同意）安排到茶室，讓她成為合法的公娼。

「社會部」的壽命，維持的時間並不長。真正的公教，大部份都有某一方面的顧慮，惟恐在買票時，碰到長官、同事和熟人，當然也有少數的三五同好，更有單槍匹馬的勇夫。但問題的徵結並非是它收支不平衡，而是少數有家眷的公教不安份，以及一些道貌岸然的社會人士，不僅常去走動走動，更進一步地和侍應生博起了感情，家庭糾紛層出不窮，黑函滿天飛。我們曾經把一批批的匿名信，移請政四組轉「一〇一工作站」來查證，然而自始至終，並無任何的結果。當然我們也知道，「一〇一」是辦大案的，抓匪諜的，如果破了這些小案，對他們來說或許太沒有面子了。或許是他們網開一面，不願追根究底，為那些嫖客留下一點顏面，以免被貼上一張難看的「嫖籤」。經過多方面的思慮和考量，長官終於批准我們的簽呈，社會部的命運就此「夭壽」，讓那些無眷的公教，回復到「哈」的原點。

詩人，轉眼離開太武山谷已三十餘個年頭，雖然離我蟄居的地方近在咫尺，但我卻未曾重臨這個孕育我成長的地方，翠谷青蒼茂盛的林木，水上餐廳的山光嵐影，明德塘的魚蝦和水草，太武山房幽雅的景緻，圖書館豐沛的藏書，武揚坑道更有我青年時期的回憶，當然，還有《失去的春天》。如果沒有在這方戒嚴時期的軍事重地裡歷練，我的體內何能衍生一顆文學之心，也不可能與文學產生互動。曾經初中一年級的學歷讓我自卑，而今卻以它為榮。只是無情的歲月不饒人，我已從當初容光煥發的青年，搖身變成一個白髮蒼蒼的老年人，齒落骨鬆、眼花耳聾，記憶衰退又癡呆。人生的路途再遠、再美好，卻由不得我們自己來選擇，總會讓我們身不由己地，抄天國的小路走。而天國是否就是天堂，先行抵達的文友們，是否已竄出了一片天，攀上了陰間文學的最高峰？

詩人，十餘年的山谷歲月，所歷經的人與事，雖然不能如行雲流水般地，從我的記憶中傾洩而出，然你欲知的部份，我已坦誠相告，如果有誤，那便是我腦已昏。今年春天，我勉強接受一家平面媒體的訪問，雖然在某些部份有所保留，但幾十分鐘的訪談，卻只有寥寥三五百字、不痛不癢的報導，實在令人失望。爾時，又有某電子媒體的主持人，打來電話，自稱是透過一位作家朋友的介紹，想實地來做專訪，希望我能協助。然而，茶室已停業多年，所有的房舍均已面目全非，幾位從良的侍應生，現在過著幸福美滿的生活，我們能那麼缺德地，再去揭開她們的瘡疤和傷痕。茶室多位老幹部，都是軍職退役後轉任，現在碩果僅存的已不多。前些時，看到一位管理員，在接受某報記者的訪問時，似乎有辭不達意之感。他是否已年老了，記憶也衰退了；還是任職的時間不長，對茶室的業務不熟？當然記者對茶室也是陌生的，或許他們從未進過軍中樂園，致使他怎麼說，他們怎麼寫，如有可議之處，就讓讀者自已去求證吧。董振良在拍攝公視《走過戰地——金門半世紀》第二單元裡，曾經有一段我與楊樹清有關茶室問題的對話，我試圖對外界一些不實的輿論，加以澄清，或做某一方面的詮釋，但它卻命喪在董振良的剪刀下，可能深恐與主題脫了節，不得不讓它壽終正寢。

詩人，今兒已是浯鄉的深秋，亦是時序的霜降，窗外風沙與落葉齊飛，遠方的山頭是楓紅一片片，如果時光能倒轉，重回三十年前的原點，我的春天將不會失去。山谷的一景一物、一草一木，陪我渡過多少日月晨昏；蜿蜒的小路，巨巖重疊的山巒，有我青春時期留下的腳印。願來生能重臨山谷，找回失去的回憶和春天……。

海明兄

海明兄是一個很好「逗陣」的朋友，
他沒有心機，也不佔人便宜，
每天快快樂樂地徜徉在山林原野，
唱唱洋歌、哼哼小調，像極了神仙，
更像是一個充滿著活力和
智慧的老頑童。

認識海明兄屈指一算，或許有五十餘年的光景。

那時我尚是「碧山國民學校」二年級的學生，海明兄是「金沙鎮公所」的獸醫，經常地看見他揹著一個裝著瓶罐、針筒、和手術刀的皮包，穿梭在村裡的豬欄和牛舍，除了替病畜看診外，也替一些不準備讓牠們當「豬哥」的「豬仔囝」去勢，俗語叫「閹豬」。然而，海明兄始終沒有用過閹豬刀，幫「豬母」切除「生囝腸」，讓「豬母」變「菜豬」，雖然他曾經為自己辯解著說：沒有足夠的力氣，來板倒那些百來斤重的母豬；但服務豬哥，不替豬母效勞，似乎是海明兄一生的堅持，當然看診和打針是除外的。

海明兄體型中等，敦厚樸實的臉龐，加了一對奎星牙，濃眉大眼上，是一頭卷曲的髮，又配上一副人人欽羨的「狗公腰」，如果有人自稱是現時代的帥哥，想與五0年代的海明兄相媲美，非但自不量力，也得俯首稱臣。海明兄自幼失怙，九歲時由阿嬤和姑姑帶到鼓浪嶼，就讀於「阿篤仔」的教會學校，奠定了他日後的英文根基。時至今日，我們依然能看見、能聽見七十餘歲的海明兄，騎著一部重型機車，哼著輕快的西洋小調，愉悅地走在綠色的長廊裡。然而讓人不可思議的是他那沙啞的嗓門，卻有含磁的音色，無論是西洋歌曲或國語老歌，只要海明兄唱上口，那躍動的音符，就猶若行雲流水般地美妙，讓人百聽不厭。據說海明兄看診時，經常會碰到一些兇悍的「老豬母」，當他拿出針筒站在母豬背後時，老母豬往往有回頭想咬他的舉動，於是海明兄施展了他的長才，右手拿著針筒，左手握著掃帚，嘴中卻哼哼唱唱，對著兇悍的老母豬，唱起了洋歌，雖然鄉親聽不懂，但誰敢保證，海明兄不是對著那些兇悍的「老豬母」唱情歌？要不然，為什麼那些老豬母，一聽到海明兄幽美的歌聲後，竟一隻隻動也不動、乖乖地讓海明兄打上一針。

海明兄有一個賢內助，我們得叫她一聲「海明嫂仔」。海明嫂仔家住山后，讀過好幾年的私塾，人長得端莊、賢淑，標緻、大方，當然美麗是不在話下。那時海明兄尚在「浦山國民學校」任教，在一個偶然的機會裡，由同村的一位婦人介紹他們相識，當海明兄發現到，這個如天使般一樣美麗的影像時，就像肖豬哥似地，展開了熱烈的追求，在民風保守的金門，肖豬哥唔驚打、嘛唔驚死，海明兄開啓了自由戀愛的先鋒，這或許與他受過六年的西洋教育有關，當然為了要獲得美人心，海明兄也吃了不少苦頭，但這些不欲人知的苦果，在海明兄的內心裡，永遠是最甜蜜的回憶。如今海明兄嫂已走在人生歲月最幸福、最美滿的時光裡，他們相親相愛、相互扶持，為子女和年輕朋友，立下一個新典範。

海明兄在他三十九歲的那年，遭受到一次前所未有的挫折，有人挪用公款，卻把責任嫁禍於獸醫兼事務的他，那時是戒嚴時期，亦是白色恐怖的年代，海明兄百口莫辯，有理也講不清，就那麼莫名其妙地被押走，在一處暗無天日的窄小房間裡，由幾個北貢刑警嚴刑逼供，他嚐過被灌水的滋味，當然，如果水從口中灌下，大不了灌滿了再吐出來，然而水是從鼻孔倒灌進去的，你該吐出來呢，還是往肚裡吞？這箇中滋味，只有親沐其中的人才能體會出。而最後呢，是承認、還是不承認？承認了，在自白書按上手印，移送法辦，一生的清白蒙羞；一旦不承認，又會以鱷魚夾夾住耳朵，然後導入電流，讓他承受生命中，難以承受之痛。在一陣昏迷過後，心身俱疲的海明兄，終於忍受不了如此的折磨，迷迷糊糊地讓人牽著手，按下含冤的手印，一生的清白就此斷送在那些狗腿子的手上。三十五年後的今天，當海明兄談起這件事時，他卻以一顆寬容又平常的心來面對，他不再怪罪任何人，亦不再憎恨任何人，六年的教會學校雖然把他薰陶成一位基督人，然此刻他卻相信海明嫂為他抽的籤，這是他無所遁形、不能逃避的劫數，如果不經歷這個小災難，屆時不是被匪砲擊斃，就是因其他災難而亡，這點小小的折磨，是蒼天對他一點小小的懲罰，只要能逃過這個劫數，就能平安無事。當然，海明兄是平安無事了，但在戰地政務單行法的淫威下，海明兄卻失業了，幸好他有高人一等的眼光，在高三上的那年，他進入台灣動物血清研究所當實習生，復又到屏東農校獸醫科繼續升學，在理論與實務相互印證下，終於取得獸醫師的證書，雖然不能續任公職，然此生卻與豬牛結了緣，憑著那張獸醫師的證照，海明兄依然活躍在牛舍豬欄裡，而那些在戰地政務庇蔭下的牛、羊、豬、狗們，總有一天，會讓海明兄把牠們全閹了，而且還要狠狠地補上一針才痛快！

海明兄嫂孕育子女數人，現均已成家立業，倆老蟄居在料羅村，然而海明兄幾乎天天騎著機車，回斗門老家探望鄉親鄉人，膜拜供桌上的列祖列宗，在幽靜的古厝裡，享受人生歲月最愜意的時光；每當他路過新市里，總是不忘在老兄弟的店門口停留片刻，有時哼幾句老兄弟聽不懂的洋歌、秀幾句老兄弟有聽沒有懂的洋文，有時兄弟倆則隨興來段國語老歌，路過的人說我們是「肖耶」，但我們卻擁有一顆童稚的心，雖然兩人的總和已達一百三十餘歲，但我們的兩顆心卻停留在童時的記憶裡。

海明兄生性樂觀、開朗，待人誠懇又熱忱。若依傳統的輩份來說，很多年輕朋友都該尊稱他為：「海明叔仔」或「海明伯仔」但所聽到的，似乎都是一聲聲親親切切的「海明，海明」，然而海明兄並不引以為忤，經常可見到他笑咪咪地回應他們一聲：「夭壽仔」或「填海仔」，然後與青年朋友們天南地北地聊了起來，有時也會來上兩句玩笑話，他說他擇婿的標準是「頭大面四方」當然「鼻子」也要大，男人「鼻子大」象徵什麼呢？海明兄賣起了關子，就是不告訴你，讓你們自己去猜、讓你們自己去想吧！尤其是經常碰面的「主任」和「老師」更深獲他的青睞，只是他們都晚了一步，海明兄那些漂亮的女兒們，早已是名花有主、兒女成群，一家大小樂融融地過著幸福美滿的生活，這也是海明兄深感安慰的地方。

對於政治，海明兄一向不大熱衷，任何選舉，他始終不會刻意地，去支持某位特定候選人。然而事情卻有些蹊蹺，去年的縣議員選舉，海明兄那部重型機車的油箱上，卻貼了一張某女候選人的大型海報，這張海報是以一百二十磅雪花銅版紙彩色精印，無論它的質感和色彩都是一流的，而這位女候選人呢，她有明星的架勢和美麗，也有貴夫人般的風華，她善於包裝和偽裝，簡直與小說《春花》裡的林春花有些相似，海明兄是當她的助選員、替她宣傳呢？還是迷上了她那一點？竟然跨上車，就緊緊地描準著一個色彩鮮艷的人形靶，不管他是有意或無意，他那門八二三砲戰，曾經風光一時的八英寸大砲，已多年沒有擦拭，火葯也因受潮而失效，生理上那座古老的時鐘，正停留在中原標準時間的六點半裡，而他那些「夭壽仔」和「填海仔」朋友，卻是「頭殼壞去」竟然想到那些「袂見笑」的事。海明兄微嘆了一口氣，「唉」地一聲說：「實在真見笑」！但我們也清晰地看到，海明兄的唇角，有一絲甜蜜和愉悅的笑容，這也是人性內心極其自然的反應，只要海明兄「爽」就好，他那些「夭壽仔」和「填海仔」朋友，又何必替古人擔憂。

七十五高齡的海明兄，依然保有一顆童稚的心，他一生沒有不良的嗜好，僅僅愛說笑，然而他說笑也有一個原則，素而帶葷，葷而不黃，在女士面前則是中規中矩，從不逾越應守的分際，展現出一個老男人的風範。當然和我們這些「夭壽仔」、「填海仔」朋友在一起是不一樣的，我們笑他年輕時吃多了「豬仔脬」，呷老變成了老豬哥，他哈哈大笑，把兩個奎星牙，在轉瞬間，笑成了一對豬哥犽。坦白說，海明兄是一個很好「逗陣」的朋友，他沒有心機，也不佔人便宜，每天快快樂樂地徜徉在山林原野，唱唱洋歌、哼哼小調，像極了神仙，更像是一個充滿著活力和智慧的老頑童。因而，人人都想親近他，人人都想從他身上，汲取一些經驗來彌補自身的不足，當然海明兄是樂意傳授的，他經常帶著那把鋒利的「閹豬刀」，時時刻刻毋忘要閹掉那些：醜陋虛偽的政客、腐化的社會敗類、無恥的貪官污吏，而後再把那些豬仔全閹了，讓牠們永遠成不了眾豬羨慕的豬哥！至於閹下的「豬仔脬」呢，海明兄自有盤算，他那些「夭壽仔」和「填海仔」朋友，人人有份，吃過後，保證都能像海明兄一樣，變成一隻「粗勇」的老豬哥！

海明兄在三十九歲那年逃過一劫。事隔二十年的五十九歲，惹了一點小麻煩，又逃過了一個劫數。二十年後的七十九歲，很快就要到來，他有些憂心，不知能不能平安地渡過。坦白說，海明兄是多慮了，君不見他天庭飽滿、人中長，福耳、壽毛、獅子鼻，這不就是長壽的象徵嗎？有福的人，總會逃過那些劫數的，況且，年輕時吃過無數

「豬仔脬」的海明兄，據《醫宗金鑑》記載，吃「豬仔脬」能長命百壽，若依此理論斷，海明兄鐵定是一個「老長壽」！讓我們同聲高呼：

海明兄，萬歲、萬歲、萬萬歲！

但也冀望海明兄，不要高興太早，有人喊了一輩子萬歲、萬歲、萬萬歲的口號，最後還是萬不了歲。當然我們也不能一概而論，說不定吃過「豬仔脬」的海明兄，真的萬歲！

今天，夕陽即將染紅天邊的時刻，海明兄在回料羅的途中又路過新市里，他一聲聲親切的「夭壽仔」和「填海仔」讓我們欣喜異常，也感到窩心，朋友們把他團團圍住，圍住一個滿頭滿腦充滿著智慧的老頑童。他哼了一段洋歌，秀了幾句洋文，又來上莎喲哪拉和再見，林主任央求葉老師為他捕捉一個美的鏡頭，好為浯鄉的文史，留下一頁新紀錄。

祝福你了，海明兄：願你健康、快樂、幸福又長壽，但不必萬歲！

了尾仔囝

——咱的故鄉咱的詩之五

了尾仔囝．了尾仔囝．了尾仔囝．了尾仔囝．了尾仔囝．了尾仔囝．了尾仔囝．了

慶伯仔這世儂　真怨嘆
飼一個了尾仔囝
頭殼空空
腹肚無半項
欲文無筆尾
欲武無力尾
日日西裝油食粿
紅熏檳榔無離喙
話未出喙先訐譙
頭毛染紅紅　電虯虯
親像中美合作的炮種仔囝
袂討趁　擱假大方
東欠西借
買一頂烏龜仔車歸百萬

去酒店　開無限
一百二百　揞入酒女的奶帕縫
有錢叫帥哥
無錢是肖儂
暝日淋甲醉茫茫
跋輸繳　駛無步
偷提厝契去抵押
利息半年無去繳
銀行變臉親像狗
咬甲乎伊血若流
查封拍賣閃不過
可憐祖公的神主牌

一雙一雙　放佇吊籃內
土地公　媽祖婆　暫時請去牛椆間
期待有一日
浪子若回頭
搰力拍拼來討趁
再來共伊請入龕

慶伯仔目箍紅紅　喉管滇
無言無語問蒼天
歡歡喜喜生查甫
飼大變款苦袂完
是生後生好
抑是有生卡輸無
傷心的目屎　一滴一滴
滴落塗
滴落塗

了尾仔囝・了尾仔囝・了尾仔囝・了尾仔囝・了尾仔囝・了尾仔囝・了尾仔囝・了

晨露與朝陽

依附在葉脈上的露珠已被朝陽所吞噬，
古榕的鬚根也不見露水滴下，
樟樹的葉片迎風飄動，
彷若一隻隻綠色的蝴蝶在飛舞，
溫熙的嬌陽也把沈睡中的扶桑喚醒，
嫣紅的花朵點綴在綠色的枝椏上，
讓這方幽雅的景緻更嫵媚、更嬌艷。

多年來未曾早起過，倘若說有那也是因工作的使然。

病後我聽從醫師的建議，早睡而後早起，到户外散散步，吸吸新鮮的空氣，活動、活動一下緊繃的筋骨，做一些不必費神的運動。那時天微亮，黃海路的路燈尚未熄滅，四處一片寂靜，只偶而地有野狗的追逐聲在耳旁繚繞；我與太太穿過畢直的水泥路，走進學校一條短短的綠色長廊，雙旁是高大挺拔的南洋杉，橫生出雜亂無章的枝椏，幾乎阻擋了兩邊屋宇的視線。經常地我們會頓足停滯，瀏覽一下滿地沾著露水的枯枝和落葉，雖然品不出它的美感，但新芽、綠葉、枯枝，卻是自然的產物，它隨著季節的變化而衍生，與人類的生死輪迴並無兩樣。

花圃的圍籬旁，豎立著幾幅孩童們畢業美展的傑作，它似乎是集體創作的造形作品，鮮艷的色彩彷彿是一顆顆純潔的赤子心，不定形的圖案或許該稱它為「普普藝術」吧，我們不得不佩服孩子們的想像力，和創作精神。然而孩子們已畢業離校，他們將尋求一個更大的揮灑空間，往後創作的，必然不是這些純真的作品，而是隨著歲月的成長，創作出更新穎、更成熟的佳作，樹立出一個源於傳統、傲視現代的風格，孩子們，衷心地祝福你們了！

我們緩緩地起步，轉彎處是一棵低矮的古榕，主幹下方有三塊巨石，那是人們刻意地搬來的，惟恐它的主幹支撐不住茂盛的枝葉，用這三塊巨石來鎮壓，以防止它傾斜；實際上他們是多慮了，它的根早已深植在這方堅硬的泥土裡，始必能承受疾風和驟雨，這三塊多餘的巨石，非但不能顯現出它的英姿，反而破壞了它自然的美感。我們順手輕輕地撥弄著它的枝椏，一顆顆晶瑩剔透的露珠，隨即在它綠色的葉片上蠕動、滾落，長長的鬚根同時滴下一串串的小水珠，這是晨露的凝聚，並非是春雨的滋潤，一旦旭日東昇，葉上的露水很快就乾枯，翠綠的葉脈更能展現出它堅韌頑強的生命力，和絕世的風華。

左邊的小廣場早已棲聚著好些人，似乎大部份都是中年婦女，她們正隨著音樂的節拍，中規中矩地舞動著，我的太太告訴我說：她們跳的是「元極舞」，是一種有益於健康的舞蹈。然而對音樂和舞蹈我是沒有任何概念的，儘管它有益於健康，但只要是隨著音樂起舞的，我實在是沒有餘興來學習它，眼見她們跳得十分起勁和投入，倒也非常欽羡她們那種好學不倦的精神。是的，為了健康，為了能在這個美麗的人間世多活幾年，她們必須扭動著笨重的身軀，放下身段，放鬆緊繃的神經，盡情地跳吧、舞吧；跳出一個多采多姿的人生歲月，舞出一個健康、幸福、壯碩的體魄！

右邊是至聖先師的塑像，幾株矮小的龍柏圍繞在它的四週，大理石切成的基座，象徵著神聖和壯嚴，幾位婦人在水泥鋪成的地面上做著柔軟操，時而霹靂扒啦地拍打著自己的身軀，從肩到背、從腿到臀、從上到下、從左到右，霹靂扒啦的響聲震耳，她們練的據說叫著「拍打功」，或許，每人都有一套健身的方法，不管是出自名師的指導，或是無師自通，其最終目的都是為了強身，為了多看一次日出，為了多看一眼夕陽紅。

往前走了幾步，路邊是高大挺拔的白千層，它開著淡綠而毛絨絨的花朵，或許是太高了，幾乎聞不到它花開時撲鼻的清香；斑剝的主幹，是否真有千層，我們非林業專家，也不能真剝下它的皮來求證，它的主幹沒有尤加利樹的光滑，亦沒有細葉南洋杉的粗壯，然而我卻十分地欣賞它那份斑剝殘缺的美，倘若加以放大，那真像是一幅抽象畫，只是現時代的人們，追求的是一時的感官享受，每天從它身旁走過的何止百人，又有誰願以一顆誠摯的心來欣賞它們呢？如果說有，或許是在它的樹蔭下乘涼，順手撕下它們斑剝的皮，而後往地上一甩，再用腳一踩，這就是善良人類的醜惡德性。

走上一個小小的坡道，我們穿過不鏽鋼欄干刻意留下的通道，紅色跑道的右端，有一位退休老師蹲著馬步，時而「運氣」、時而「吐氣」，聽說他練的是「太極導引」，對於中國的拳術和劍法，我們都是門外漢，當然也無心來向他討教，只是好奇而多看了一眼，並不會因此而打擾到他。幾個招式下來後，他的臉頰紅潤，額頭冒汗，是否真發了功、通了氣，看他那虎虎生風的架勢，若非沒有三兩三，至少也歷經過一段時間的苦練，始有如此驚人的功力。然而我們的心不在此，他一轉身，我們也緩緩地移動腳步，我的雙手情不自禁地比劃了一個拳譜裡面找不到的招式，太太笑了，這何嘗不是自娛娛人。

我們漫不經心地走在紅色的跑道上，中間是一片翠綠的草坪，它們是人工從山林野地裡移植過來的，因而它的種類很多，從俗稱的「青草仔」、「苦螺根」、「土香」到「薄荷」、「豬母菜」、「山土豆」，大概有數十種之多吧，而此時朝陽尚未昇起，晶瑩的露珠滿佈在它們的葉脈上，心中也同時萌起一股盎然的綠意，我們只在它的邊緣上觀賞、瀏覽，始終不忍心走上草坪踐踏它。然而幾隻野狗早已在這片青蒼翠綠的草原上追逐和翻滾，留下不少踐踏過後的痕跡，或許，以它們頑強的生命力，不下三兩天必可恢復原狀。說來可笑，似乎沒人想過要把這群野狗趕走，任由牠們在這片草地上逍遙，如果我沒猜錯，人是怕狗的，盡量不去招惹牠們，免得到時被咬上一口，哪才糟呢；尤其這個世界，到處都充滿著會咬人的野狗，我們稱牠為「肖狗」，當然牠的種類很多，最可怕的莫過於咬人不見血的「政治肖狗」。

靠西的圍籬旁，是眾樹中最沒有美感的木麻黃，一棵鳳凰樹夾在它的中間成長，幾朵遲開的鳳凰花，在它的蔭影下綻放。我們看見在樹上跳躍的「望冬鳥仔」以及低聲歡唱的「匹羅哥」。更高的枝椏上有「咕咕咕、咕咕咕」的聲音響起，那鐵定是「加追」的聲音；而那些嬌小的「乞鳥仔」卻整齊地排列在高壓電線上觀望，俟機飛下來覓食，這是一個多麼美的清晨，這是一個多麼怡人的景緻，如果沒有這場病，似乎未曾想過要到這兒漫步，我也不可能徜徉在這片綠色的大地裡。

我們在這方紅色的跑道上，連續走了好幾圈，微風輕輕地吹在我們的臉上，帶來一陣陣清涼意，天上的雲層亦由烏黑轉為銀白，雖然不能見到地平線上的日出，但朝陽已從東方綠色的叢林中冉冉地昇起，首先映照在操場頂端廢棄的軍用碉堡上，而後是那片茂盛的相思林；一瞬間，西邊的草坪已是一地燦爛的金光，我們站在「湖光台」前，沐浴在它柔情的懷抱裡。伸展一下懶腰，甩了幾下手，依附在葉脈上的露珠已被朝陽所吞噬，古榕的鬚根也不見露水滴下，樟樹的葉片迎風飄動，彷若一隻隻綠色的蝴蝶在飛舞，溫煦的嬌陽也把沈睡中的扶桑喚醒，嫣紅的花朵點綴在綠色的枝椏上，讓這方幽雅的景緻更嫵媚、更嬌艷。

大地已在金色的陽光下全然地甦醒，涼爽的秋風尚在遠處徘徊，炎熱的夏末讓人汗流浹背，「元極舞」的節奏已停止，「土風舞」的舞者在原地休息，「太極導引」的老師已終止了下一個招式，「拍打功」的婦人早已手軟；懷著愉悅的心情，吸著新鮮的空氣，我們緩緩地，走在滿佈金光的來時路……。

落日餘暉

無情的光陰已奪走了我燦爛的
　人生歲月和青春年華，
因而，在我復出的七年中，
　我相繼出版了八本書，
深恐心中的陽光在心願未了時西沉，
　於是趁著黃昏來到，
落日尚未沉沒的時刻，
　趕上這段旅程，
為我慚愧的一生，留下一些回憶。

端節前夕的一個清晨，當我睜開惺忪的睡眼，昏沉的頭腦正隨著臥室裡的傢俱，上上下下、起起伏伏，一波又一波不停地翻轉和暈眩。我的意識雖然很清醒，也試圖用手支撐著笨重的身軀坐起來，然而我的嚐試是失敗的，當我勉強坐起時，「嘔」地一聲後又倒了下去，一切已由不得自己來掌握。於是，我放平了手、伸直了腿，而後微閉著眼，心想：今天鐵定是起不了床了，原以為年輕時隨著父親從事農耕，鍛鍊出一副硬朗的身體，現在還很「粗勇」，想不到此刻卻像一隻垂死的「病貓」奄奄一息。當我再屈指一算，卻也教人感嘆，原來此時已是我生命中的黃昏時刻，怎能再提當年勇、怎能誤以為是日正當中的壯年時。

平日遇有不適，總是央請太太到西藥房就近買顆成藥，止痛也好、消炎也罷，先服了再說，的確幾年來，縣立醫院尚無我掛號求診的記錄。然而此次真不行了，朋友阿財哥得知詳情後趕緊到醫院為我掛了號，執友黃裔也把車子開來，他倆合力攙扶我下樓，而我雙腿無力站不穩，頭昏目眩想嘔吐，原本瘦弱的身軀正遭受病魔一口一口地吞噬和侵襲。在太太和朋友的攙扶下，我不得不走進一個白色的長廊裡；巧而「家醫科」看診的是我表姐的孩子黃逸萍醫師，他出生在一個書香世家，醫學院畢業後又繼續到台大深造，獲得碩士學位後始返鄉服務，是一位學有專精的醫界菁英；他待人誠懇、重倫理，當我這位「破病老伙仔」，出現在他面前時，他立即從椅上站起，和顏悅色又關心地問：

「阿舅，您那裡不舒服啦？」

「頭暈、想吐。」我強裝笑臉，低聲又無力地說。

對於我的癥狀，身旁的太太也做了一些補充。

他請護士小姐先為我量血壓，又重複問了幾個問題，似乎也發覺到他這位阿舅病情不輕，於是他提議先到急診室打點滴，然後再做觀察。

在昏睡中打完一瓶點滴，我依然處在一個暈眩又想吐的病境中，他們合力把我推向幽暗的電梯間，而後進入三樓一個白色的房間裡，這也是我此生第一次住院，果真是為了想走更長的路而來到這個幽靜的地方休息？我內心裡衍生出這個莫名其妙的問題。不，或許是我貪生又怕死，承受不了病魔的折磨，想在這裡圖一個清靜，藉著藥物來延續逐漸枯萎的生命？不，或許我不能有如此的思維，眾家正為我的病情而焦慮呢，我何能一走了之，求取自身的安寧；況且這裡有我的外甥醫師可關照，雖然他不能時時刻刻地陪著我，但其他醫師都是他的同事，相信他會為我打聲招呼的，至少總能看見一張親切的笑臉吧！其他我並不奢望什麼，一旦病情好轉，立即打道回府，這裡並沒有值得我留戀的地方，倘若說有，那便是夕陽西下時窗外那抹美麗的彩霞。

經過打針、服藥和休息，雖然暈眩依舊，但已減輕了許多，值得慶幸的是已不再嘔吐，值班的醫師囑咐我，能坐起時要坐起，儘管高懸床邊的點滴針頭尚深插在我的血管中，在太太的攙扶下，我忍受著昏沉的腦部，斜靠在床上，面對著白色的牆壁，卻無懼於死亡，如果能在一陣暈眩中與世長辭，那何嚐不是美事一樁，為什麼要在這個充滿著藥水味的房間裡休息，方能在這條滿佈著荊棘的人生大道上走更長的路？雖然我尚有許許多多的心願未了，當然那絕對不是庸俗的「加冠」和「晉祿」，「添丁」和「發財」，我心中欲傾訴著尚有萬千，然它必須透過我逐漸退化的腦力來思考，方能記錄在生命的扉頁裡。輟筆二十餘年，無情的光陰已奪走了我燦爛的人生歲月和青春年華，因而，在我復出的七年中，我相繼出版了八本書，深恐心中的陽光在心願未了時西沉，於是趁著黃昏來到，落日尚未沉沒的時刻，趕上這段旅程，為我慚愧的一生，留下一些回憶。

白色的門外響起一陣小小的騷動聲，首先踏進門來的是縣長李炷烽，他握住我的手，遞給我一個裝著端節慰問金的信封。「好好休息，祝你早日康復！」而後低聲又親切地說：「剛看完你的《冬嬌姨》，什麼時候出書？」「謝謝您的關心，」我由衷地說，「《冬嬌姨》出書後，第一本就送給縣長。」

雖然與縣長是舊識，他也是第一位出身教育界，經過多數民意洗禮的文人縣長；在百忙中，他時時刻刻毋忘這片土地和生靈，培養本土作家更是他的重點指示之一，然而他並非說說而已，而是身體力行，又有那一位政治人物會去關心被譏為「報屁股」的副刊版面，而他竟在百忙中，從副刊上瀏覽著我的作品，親切地談起了《冬嬌姨》，身為作者的我，想不感動也難。我始終沒有忘記，前年五月，『金門縣寫作協會』「讀書會」，在文化中心為我舉辦的《失去的春天》研討會，時任立法委員的李縣長，曾撥冗參加，在會中專心聆聽作者和讀者間的對話，至到研討結束後，始以來賓的身分，提出諸多的期勉和鼓勵，其間並沒有因為讀者與作者間，有不同的論點而產生高分貝的激辯，有所厭煩，充分展現出一位政治家高尚的情操，以及文人學者的風範。在他當選縣長不久，有一晚因公而路過新市里，曾蒞臨寒舍閒聊片刻，那時在場的尚有作家黃振良，對他倡導的「文化立縣」，以及「培養本土作家」的指示，我們都十分地認同。我也直言不諱地以去年的詩酒節做譬喻，不可否認地，主辦單位邀請的都是國內知名的作家和詩人，那天活動結束後，二十餘位作家、詩人朋友相繼來到新市里，探望我這隻生活在文化沙漠地帶的「老猴」，我也就近找來老友黃振良，兩人陪同他們聊聊天，然後再請他們喝杯小酒，以盡地主之誼。或許我的一杯小酒遠勝主辦單位招待他們的大魚大肉，在主客盡興的時候，有人說了良心話：「詩酒節是你們金門地區一項重大的活動，獨不見地區的作家和詩人來參與：：。」此語一出，隨即得到許多人的附和，不管是作家也好、詩人也罷，他們的感受是相同的。而轟轟烈烈的詩酒節過去了，主辦單位花掉多少人民的血汗錢，最後得到的是什麼？為我們金門留下了什麼？這是一個值得我們深思和檢討的問題！我也當場向縣長提出建言，但願爾後的詩酒節，能邀請本土的詩人、作家、藝術家共同來參與。

雖然我的言詞激動了一點，但我深信縣長是能理解我當時的心境。我們愛鄉愛土的心志雷同，時時刻刻沒有忘記這片曾經被無情砲火摧殘過的土地，此時雖已清平，但並非永恆的安逸，舊有的傷痕依然在心中長存……。

縣長匆匆地又轉到其他病房，我的外甥黃逸萍醫師走了進來，我告訴他說：「我的頭不暈了，下午就辦理出院回家。」他見我一副泰然自若狀，以他的專業來判斷，也就欣然答應。我適時又補充了一句玩笑話：「拿到縣長的紅包病就好。」大家都笑了。然而我的病真好了嗎，答案卻是否定的，回家的第三天我又倒下了，依然是暈眩症，我的總經理太太開始懷疑，是不是文章寫多了，用腦過度而造成的後遺症；當我換另一家醫院看診時，她就不斷地用這個議題來提醒醫師，然而醫師卻不敢肯定地答「是」或「不是」，只婉轉地說：「不一定」，讓我也放了心，倘若醫師說：「是」，或許我的文學生命勢必因此而宣告結束，我的名和姓也將從讀者的記憶中慢慢地消失，這是一個文學創作者最不願見到的一件事。

限於診療儀器之不足，黃逸萍醫師為我這位「破病阿舅」辦了轉診手續，但我始終沒有想到大醫院做進一步檢查的意願，然而大女兒已幫我在「榮總」掛了號，也訂好了機票，三女兒也專程請假回來替代我日常的工作，太太也辦好了休假手續準備陪我去，倘若我再推三阻四，似乎也不近人情，最終必被歸類成「狗怪」和「賭鱉」，一旦真患了什麼嚴重的病症而延醫，那可真是罪有應得、死有餘辜。於是我不再堅持什麼，默默地跟著太太走，走在一個全然陌生的土地上；

當然，我也是異鄉城市裡的陌生客，以及這個多元社會裡的「老頑固」，我未曾使用過提款卡和信用卡，在捷運車站的自動售票機前，學習著紙鈔換鎳幣，觀望著如何插卡和通關，最後依然得靠太太的指引，方能抵達終點；說來可笑，這就是我的人生歲月！

每一位醫師對相同的病情，往往會有不一樣的看法和診斷，或許誰能找出病源對症下藥，讓病人早日康復，誰就是名醫；儘管有人會持不同的看法，至少我的感受是如此的，這與醫院的大小，與醫師的大牌小牌似乎沒有什麼關聯，因為他們都是擁有醫師證照的合格醫師，倘若說真有差別，那便是個人經驗的累積以及醫學新知識的汲取和礸研，當然各項精密的儀器是否齊全，它也關係到整個醫療體系的水準。

醫師詢問我好些問題，又當場測試幾個動作，我也順機請教他，是否因過多的思索而影響到腦部，造成此次的暈眩？他告訴我說：兩者無關，動腦比不動好，但不能過於勞累。他開給我十四天的藥劑量，說了一句：吃完後病就好。當然，我是相信的，只因為他告訴我「暈眩」與「創作」無關，「動腦」比「不動」好，一切病症都是因工作上的勞累所引起的，然而為了走更長的路，我是否該休息呢？還是自尋短路讓病魔繼續纏身？

在太太深情的陪伴下，我又做了一次健康檢查，結果是令人滿意的。但醫師也適時地提醒：人一到老年，一切慢性病隨時有纏身的可能，要保持理想體重；低油、低鹽、低膽固醇飲食。少煙、少酒、少動怒。多食用富含纖維質的食物。避免過勞，適度運動，促進新陳代謝功能。雖然帶著醫師的叮嚀回來，也遵照醫師的指示按時服藥，但我的精神狀況一直處在一個低潮期，倘若能一覺不醒，那是我唯一的企盼，也是我真正得到解脫和休息的時候；然而空有的美夢難成真，短暫的休息後，我必須回歸到這個社會，為五斗米折腰，為尚未完成的心願絞盡腦汁，其他的或許是空談吧。

若依醫學理論而言，「勞動」和「運動」是有很大差距的，但我一直沒有把它們釐清，總認為每天不眠不休地工作便是最好的運動，其實它是用勞力在做工，並非以健身為目的。或許我是因過勞而引起的暈眩，如此地臆測不是毫無理由的，因為迄今醫師尚未查出我真正的病因，只是依據他們的專業經驗開具藥方，暫時來改善我的體質，減少我的病痛。對於日常的工作，我開始有些厭煩，每天無精打采、有氣無力地；我是否在一夕間變了，成為一個「無撓路用」的人？朋友勸我多休息，我的大腦隨即反應出：休息，果真是為了走更長的路？近六十年的人生歲月，酸甜苦辣我已嚐盡，何曾想過要走更長的路？倘若說有，那便是我心中的夕陽尚未西下，只想多看一眼落日的餘暉……。

咱主席

——咱的故鄉咱的詩之六

咱主席　真和氣
看著鄉親笑咪咪
雙邊肩胛頭
金光閃閃四粒星
佇馬祖　佇花東
佇金門　佇龍潭
治軍嚴　捌兵器
滿腹經典無塊比
照顧部屬像家已
無分官佮兵
攏嘛尊敬伊

國民黨　執政期
金門儂　無落氣
任命伊　做主席
敬老尊賢排第一
地方權益列優先
巡馬祖　巡烏坵
大細離島走透透
金門本島毋免講
知民苦　知民怨
省府資源雖有限
問題一項一項來解決
袂踮半天劃大餅
乎咱看癮要吃無

民進黨　來執政
某政客　用關係
數想主席這塊椅
鄉親序大講重話
儂愛有品擱有格
主席這塊椅
毋是儂儂坐會起

有一日　儂真儕
頭綁白布條
手提抗議的標語
欲找陳滄江　毋是翁明志
主席聽著抗議聲
實在真受氣
當兵三十外年
大貢槍籽看真儕
彼箱雞卵算什麼
伊老神在在　徛佇眾儂邊
問問鄉親抗議爲什麼
「報告主席無代誌
是儂叫阮來
唔是阮愛去
中午十二時
領到便當礦泉水
阮著欲轉去」
主席搖搖頭　吐吐氣
這款叫政治

祝福

朋友自謙是才疏學淺，
而我卻是大字初識，
如此的組合，
始能攜手同在浯鄉這塊聖地上耕耘，
不管它能綻放出什麼花朵，
願友誼之情，
常在我們的心中浮動！

在一片激烈的競選當中，我們認清了政客的嘴臉，拆穿了政客的謊言。

在現實生活中，我們看到的是當權者的霸態和獠犽、以及奉迎拍馬的貪官汙吏。在漫漫人生路上，如果懂得箇中竅門，仕途必是一帆風順；如果堅持文人的風骨，不懂得以酒肉財色來奉承那些官大人，任你才高八斗、學富五車，依然不得其門而入。十餘年來，我親眼目睹一位潔身自愛、傲骨嶙峋的朋友，因為堅持自己的理想，不與他們同流合汙，在職場上屢次遭受無情的白眼和打壓。當權者無視於經國家荐任考試及格，不調升佔缺也罷，竟一再以行政命令，從編輯台調派他擔任送報及印報工達四年之久，朋友無怨地接受；然而，從無任何過錯、亦無不法行為，年年考績、年年二等，他也欣然地接受，唯一的堅持是——絕不向現實低頭！

早期以林怡種本名寫散文的朋友，他的作品已在國內文壇佔有一席之地，並於八0年代結集出版了《拾血蛤的少年》一書，曾經得到名作家丘秀芷女士和林文義先生，以及眾多文友的讚賞。然而當他重回編輯台，卻放棄了散文創作，除了為「金門報導」寫過幾篇報導文學外，轉而以他綿密的思維、敏銳的觀察力，為「金門日報」的〔浯江夜話〕寫下數以百篇的方塊文章。他的作品已不是單純的表徵，而是深入到人性的探討、社會的觀察、生存的定義、善惡的分辨、是非的分明：：等等。浯鄉的塵埃、吾土的林木、族群的融洽、人間的冷暖、政局的穩定、股市的漲跌、交通的亂象、政客的無恥，都在他的神筆下，揮灑成章，不僅為歷史做見證，更為文壇立下一個新典範。

朋友把他歷年書寫的方塊作品，重新篩選分類，輯成《事事關心》一個獨立的單元，並由讀國二的天才小子林芳本，為他書寫程式、設計網頁，父子同心協力開闢網站，以一個全新的面貌，把作品呈現在讀者面前，讓大家一起來分享，一篇篇鏗鏘有聲、文采並茂、辭理可觀的小品文。但願讀者們能細嚼慢嚥，好好品嚐，定能從其中悟出真理，獲得無窮的知識。

朋友自謙是才疏學淺，而我卻是大字初識，如此的組合，始能攜手同在浯鄉這塊聖地上耕耘，不管它能綻放出什麼花朵，願友誼之情，常在我們的心中浮動；是鼓勵，也是祝福！

「政客」與「報應」

住豪宅，住茅屋同為遮風避雨，
再多的金銀財寶，
永遠放不進棺材裡；
別忘了，人生海海，
一個讓世人永恆懷念的清名，
才是政治人物所該追求的！

我的長官曾經在某一個場合說過：「政治人物下台時，才是接受民意檢驗的開始」，這句話在當時聽來，只不過是一句極尋常的話，但如以此時此刻的心境來論，的確是一句耐人尋味的金玉良言。我們親眼目睹某政客十餘年來辛苦建立的王朝，在一夕間兵敗如山倒，儘管他還想運用一些老關係、老班底，企圖想重建另一個王國，可是時已不予我，只得到一些微不足道的同情票，而這些票的來源，多數是蒙受他的恩澤的人所施捨的，真正能認同他的政績、他的操守、他的為人者，或許不會太多。

當然，一位政治人物恩怨分明是無可厚非的，但也必須懂得為政之道，倘若凡事不依法行政，人事任免不適才適用，處處要看他的喜惡和臉色，一味地想剷除異己，如此之政客，不知是鄉親之福還是禍？某金融機構申建大樓，非但不能得到協助，反而受到百般地刁難，最後還得勞動立委陪同到監察院陳情，讓監察委員提出糾正，方能順利地興建，僅以這點小小的事例，足可反映出為政者之霸道；不欲人知的「事蹟」，或許尚有無數，鄉親們焉有不知之理，只是恥以細述和傳誦吧。

而今，某些人在職場上雖然歷盡滄桑，受到不平等的待遇，但他們的能力和操守卻受到新團隊的肯定，分別就任重要的職務，如果說他們是升官，未免太沉重了一點，如以一分耕耘、一分收獲，或適才適所來形容，或許較恰當。而經過多少波折始落成啓用的某金融大樓，在全體員工同心協力的經營下，它的成長有目共睹，也秉持著「取之於金門，用之於金門」的理念，把有限的盈餘，設置「社員子女獎學金」來嘉惠浯鄉的青年學子，捐助公益、重陽敬老，在浯島城隍廟整修時，更捐獻新台幣一百萬元做為整修經費，雖然謙稱為拋磚引玉，然他們的義舉和善行，卻深獲縣民的肯定和認同。而某大人呢，纏身的官司，是他內心永遠的痛；住豪宅、住茅屋同為遮風避雨，再多的金銀財寶，永遠放不進棺材裡；別忘了，人生海海，一個讓世人永恆懷念的清名，才是政治人物所該追求的！

冀望政客們，上台勿望下台時。
提醒政客們，你們所做所為，城隍公的目睭金金看！

附錄

作者年表

一九四六年 民國三十五年
八月生於金門碧山

一九六一年 民國五十年
六月讀完金門中學初中一年級因家貧輟學

一九六三年 民國五十二年
一月任金防部福利單位雇員，暇時在「明德圖書館」苦學自修

一九六六年　民國五十五年
三月第一篇散文作品〔另外一個頭〕　載於正氣副刊

一九六八年　民國五十七年
二月參加救國團舉辦「金門冬令文藝研習營」

一九七二年　民國六十一年
五月由福利單位會計晉升經理，仍兼辦防區福利業務
六月由臺北林白出版社出版《寄給異鄉的女孩》初版一刷　文集
收一九六六——七一年作品，散文、小說、評論　各十篇
八月由臺北林白出版社出版《寄給異鄉的女孩》再版一刷　文集

一九七三年　民國六十二年
二月長篇小說《螢》　載於正氣副刊

五月由臺北林白出版社出版《螢》初版一刷 長篇小說

七月與友人創辦《金門文藝》季刊，擔任發行人兼社長，

撰寫發刊詞，主編創刊號

九月行政院新聞局以局版臺誌字第００四九號核發

金門地區第一張雜誌登記證，時局長為錢復先生

一九七四年 民國六十三年

六月自福利單位離職，輟筆，經營「長春書店」

一九七九年 民國六十八年

一月《金門文藝》革新一期由旅臺大專青年黃克全等接辦，

仍擔任發行人

一九七四年——一九九五年 民國六十三年——八十四年

創作空白期

一九九六年　民國八十五年

七月復出

新詩〈走過天安門廣場〉　載於浯江副刊

八月散文〈江水悠悠江水長〉　載於青年日報副刊

九月中篇小說《再見海南島　海南島再見》　載於浯江副刊

一九九七年　民國八十六年

一月由臺北大展出版社出版發行三書：

《寄給異鄉的女孩》增訂三版一刷　文集

《螢》再版一刷　長篇小說

《再見海南島　海南島再見》初版一刷　文集

三月長篇小說《失去的春天》 載於浯江副刊
七月由臺北大展出版社出版發行
《失去的春天》初版一刷 長篇小說

一九九八年 民國八十七年
一月長篇小說《秋蓮》上卷〔再會吧，安平〕 載於浯江副刊
五月長篇小說《秋蓮》下卷〔迢遙浯鄉路〕 載於浯江副刊
八月由臺北大展出版社出版發行三書：
《秋蓮》初版一刷 長篇小說
《同賞窗外風和雨》初版一刷 散文集
《陳長慶作品評論集》初版一刷 艾翎編

一九九九年 民國八十八年
六月長篇小說《秋蓮》列入《一九九八年臺灣文學年鑑》

十月由臺北大展出版社出版發行
《何日再見西湖水》初版一刷　散文集

二〇〇〇年　民國八十九年
三月長篇小說《失去的春天》、《秋蓮》、《再見海南島　海南島再見》、《同賞窗外風和雨》由行政院文建會編入《一九九九年中華民國作家作品目錄》
五月二十八日『金門縣寫作協會』「讀書會」假縣立文化中心舉辦《失去的春天》研讀討論會，作者以〔燦爛五月天〕親自導讀。
九月長篇小說《午夜吹笛人》初稿完成
十月長篇小說《午夜吹笛人》　載於浯江副刊
十二月由臺北大展出版社出版發行
《午夜吹笛人》初版一刷　長篇小說

二〇〇一年　民國九十年

四月〈今年的春天哪會這呢寒〉——咱的故鄉咱的詩　載於浯江副刊

五月應縣籍導演董振良邀請，參加公視【走過戰地——金門半世紀】紀錄片，第二單元〈穿上脫下〉演出

十一月長篇小說《春花》初稿完成

十二月長篇小說《春花》　載於浯江副刊

二〇〇二年　民國九十一年

三月由臺北大展出版社出版發行《春花》初版一刷　長篇小說

四月長篇小說《冬嬌姨》初稿完成

四月十一日〈今年的春天哪會這呢寒〉——咱的故鄉咱的詩　由

【台北人 故鄉事 『馬』年『金』好玩藝文週】主辦單位邀請台語大師趙天福譜曲，在台北永康公園，於閉幕重頭戲時，帶領全場一同吟唱，讓都會人深刻感受鄉土的金門文風，以及對金門時局變遷的心情

五月長篇小說《冬嬌姨》載於浯江副刊

八月由臺北大展出版社出版發行

《冬嬌姨》初版一刷 長篇小說

十二月由臺北大展出版社出版發行

《木棉花落花又開》初版一刷 散文 詩合集

國家圖書館出版品預行編目資料

木棉花落花又開/ 陳長慶 著. －初版
－臺北市：大展 ， 2002【民 91】
面 ； 21 公分 －（文學叢書；12）
ISBN 957-468-185-8（平裝）

848.6 91021218

木棉花落花又開

ISBN 957-468-185-8

作　者／陳　長　慶
封面攝影・指導／張　國　治
封面構成／張　仁　耀
校　對／陳　嘉　琳
發 行 人／蔡　森　明
出 版 者／大展出版社有限公司
社　址／台北市北投區（石牌）致遠一路 2 段 12 巷 1 號
電　話／（02）28236031・28236033・28233123
傳　真／（02）28272069
郵政劃撥／01669551
E－mail／dah_jaan@pchome.com.tw
登 記 證／局版臺業字第 2171 號
承 印 者／揚昇彩色印刷有限公司
裝　訂／協億印製廠股份有限公司
排 版 者／千兵企業有限公司
金門總代理／長春書店（金門縣新市里復興路 130 號）
電　話／（082）332702
郵政劃撥／19010417　陳嘉琳 帳戶
法律顧問／劉鈞男 大律師
初版 1 刷／2002 年（民 91 年）12 月

定價／200 元

大展好書　好書大展
品嘗好書　冠群可期

大展好書　好書大展
品嘗好書　冠群可期